گھنٹہ

(ہندی کہانیوں کا انتخاب)

بھیشم ساہنی

Ghanta *(Short Stories Collection)*
by: Bhisham Sahini
Edition: November '2024
Publisher :
Taemeer Publications LLC (Michigan, USA / Hyderabad, India)

ISBN 978-93-5872-741-8
9 789358 727418

کتاب	:	**گھنٹہ** (کہانیاں)
مرتب	:	**بھیشم ساہنی**
صنف	:	فکشن
ناشر	:	تعمیر پبلی کیشنز (حیدرآباد، انڈیا)
سالِ اشاعت	:	۲۰۲۴ء
صفحات	:	۱۲۸
سرورق ڈیزائن	:	تعمیر ویب ڈیزائن

فہرست

	دیباچہ		6
(۱)	گھنٹہ	گیان رنجن	9
(۲)	بھور سے پہلے	امرت رائے	22
(۳)	پیپر ویٹ	گری راج کشور	36
(۴)	دوزخی	شانی	48
(۵)	سڑک	رام درش مشر	65
(۶)	مڈ بھیڑ	مدرارا کشس	72
(۷)	پھانس	گووند مشر	89
(۸)	کیک	اصغر وجاہت	96
(۹)	ہتیاروں کی واپسی	میتھلیشور	115

دیباچہ

ہر زمانے کے ادب پر اس کے معاشرے کا رنگ رہتا ہے ، اس میں ہم زندگی کی ایک خاص دھڑکن محسوس کر پاتے ہیں۔ یہ صحیح ہے کہ ادب کا ذائقہ، ہم زبانوں کی بنیاد پر نہیں لیتے ، ایسا ہوتا تو ہم صرف اپنے ہی زمانے میں لکھی کہانیاں پڑھتے (حالاں کہ اکثر ایسا بھی ہوتا ہے کہ معمر قارئین کو نوجوان ادیبوں کی چیزیں پسند نہیں آتیں ، وہ اس ادب سے جس سے وہ اپنی نوجوانی میں متاثر ہوئے تھے ، اتنے عادی ہو چکے ہوتے ہیں کہ انھیں بعد کا لکھنا پسند نہیں آتا۔ وہ اُن قدروں اور شناخت کے اس چوکھٹے میں صحیح نہیں بیٹھتی جان پڑتی ، جس چوکھٹے کے وہ عادی ہو چکے ہیں۔ لیکن یہ بات دوسری ہے۔) ان تفاریق کے ہوتے ہوئے بھی ایک زمانے کا ادب دوسرے زمانے کے ادب سے الگ نہیں ہو جاتا ، ان کے اندر پایا جانے والا گہرا انسانی درد انھیں دوسرے سے جوڑے رہتا ہے۔ یہ انسانیت ہی ادب کو لافانی بناتی ہے۔ صدیوں بیت جانے پر بھی اُسے پُرانا نہیں پڑنے دیتی۔ یہ انسانیت ادب کو گزرا ہوا وقت بھی بناتی ہے اور وقت کے مطابق بھی۔ جو ادب اپنے زمانے میں سنگت ہوتا ہے وہ اسی انسانیت کی بنا پر ، بعد میں بھی معنی خیزی لیے رہتا ہے۔ لیکن جہاں ادب میں انسانیت کے سوتے سوکھنے لگیں وہاں وہ اپنے زمانے میں ہی غیر متعلق پڑنے لگتا ہے۔ بعد کا تو کہنا ہی کیا۔

ہم یہ تو نہیں کہہ سکتے کہ ۴۷ء کے بعد ہندی کہانی نے نیا رُخ اپنایا۔ ادب میں ایسی لکیریں تو نہیں کھینچی جا سکتیں۔ لیکن اتنا ضرور کہہ سکتے ہیں کہ جہاں پہلے کے رجحانات کا اصرار رفتہ رفتہ سرد پڑتا گیا ، وہاں نئے نئے رجحانات سامنے آنے لگے اور رفتہ رفتہ کہانی اپنے ارتقار کے عمل میں نئی زمین توڑنے لگی اور اس کے ساتھ نئے نئے پھیلاؤ جڑنے لگے۔

اس میں شک نہیں کہ ناصحانہ اصرار کم ہوتا گیا۔ یہ پہلے سے ہی کم ہونے لگا تھا، لیکن اب یہ تکلیف دہ تھا۔ کہانی اس لیے لکھی جائے کہ کسی اخلاقی نتیجے کا صرف تماشائی بن کر رہ جائے، کہانی کا یہ تصور یقیناً پیچھے چھوٹ گیا لیکن اس کا یہ مطلب نہیں کہ ہندی کہانی مقصدیت یا اخلاقی قدروں کو ترک کرنے لگی تھی۔ ایسا نہیں تھا۔ بلکہ مقصدیت کا اصرار برابر بنا رہا، لیکن اب وہ کہانی میں کھپ کر سامنے آنے لگا۔ اسے کسی چوکھٹے میں فٹ بیٹھانے کی کوشش غلط جان پڑنے لگی تھی۔ کہانی کا پہلا چوکھٹا ٹوٹنے لگا تھا۔ اخلاقی وعظ کے ساتھ، زندگی کی آسانی کی جو عادت پائی جاتی ہے کالے اور سفید رنگوں میں دیکھنے کا رجحان، اس میں سے یقیناً ہی کہانی باہر نکلنے لگی تھی۔ اب سیدھا زندگی سے بات کرنے کی، اُس کی پیچیدگیوں کو دیکھ پانے کی، اُس میں اور گہرا ڈوبنے کی، اپنے کو تعصب سے نجات پانے کی عادت بڑھنے لگی تھی۔ رفتہ رفتہ 'اخلاقی نتیجہ' کہانی میں نہیں رہ گئے، 'انسانی صورتِ حال' کے مرکز میں آنے لگی تھی۔ اس سے یقیناً کہانی میں پھیلاؤ آیا اور اس میں زیادہ فنکاری بھی آنے لگی۔ انسانی رشتوں میں پائی جانے والی بے محلی، بدلتے معاشرے سے پیدا ہونے والی الجھنیں، کرداروں کے باطن میں اٹھنے والے تناؤ، نئے نئے دباؤ اور نئے نئے مسائل کہانیوں کے لیے پلاٹ جٹانے لگے۔ کہانیاں زیادہ مستند اور جاندار ہو کر سامنے آنے لگیں۔

یہ صحیح ہے کہ ہمارے یہاں آدرشوادی نظریے کا اصرار روایتی ہے۔ اس سے ادب میں انسانی قدروں کا نقصان تو نہیں ہوا لیکن زندگی کی صداقت پر ہماری گرفت بہت مضبوط نہیں ہو سکی۔ لیکن اب یقیناً لکھنے والے کی نگاہ پر غیر مجسم آدرشوں یا نظریے سے تھوڑا ہٹ کر زندگی کی حقیقت کی طرف زیادہ مائل ہونے لگا۔

ہندی کہانی میں ایک اور طرح کی رنگارنگی بھی آئی۔ ہندی جاننے والا صوبہ بہت بڑا ہے، اس میں سات صوبے آتے ہیں، اور ہندی میں لکھنے والے تو تقریباً سبھی صوبوں میں پائے جاتے ہیں — اور یہ بھی ایک دلچسپ سچائی ہے کہ ہندی ادب کی خدمت غیر ہندی زبان کے لوگوں نے جتنی کی ہے، اتنی شاید ہندی زبان کے لکھنے والوں نے نہیں کی۔ اب راجستھان میں لکھی جا رہی ہندی کہانی اور بہار میں لکھی جا رہی

ہندی کہانی ہیں، زبان کے رہتے ہوئے بھی، دونوں کا اپنا اپنا رنگ ہوگا۔ ایک کی زبان میں راجستھانی کا پُٹ ہوگا تو دوسری میں بھوجپوری کا۔ محاورے، روایتیں، مزاح، رسم و رواج وغیرہ وغیرہ۔ اس طرح ہندی کہانی کی رنگارنگی بڑھی ہے، اور زبان مالامال ہوئی ہے۔ ہمارے یہاں کہا جاتا ہے کہ ہندی کہانی میں ہر دس سال بعد نسل بدل جاتی ہے اور ہر دس سال بعد ہی ایک نئی تحریک' بھی کہانی کے میدان میں لہریں مارنے لگتی ہے اور یہ خاصیت صرف ہندی کہانی کی ہی ہے —— کہانی کا منچ آج تینوں نسلوں کے لکھنے والوں سے کھچا کھچ بھرا ہے۔ متعدد لکھنے والوں کے بارے میں تو اُن کی نسل تک طے کرپانا مشکل ہو رہا ہے۔ لیکن اُن کے تعاون سے کہانی متمول ہوئی ہے۔ میسرز رما کانت، ششیکھر جوشی، سے را۔ یاتری، رویندر کالیا، مدرا راکشس، مہیپ سنگھ، ہمانشو جوشی، گنگا پرساد وِمل، کامنا ناتھ، جگدمبا پرساد گپت، رام داس دِکشت، رمیش بخشی، دھرمیندر گپت، رمیش اپادھیائے، مدھوکر سنگھ، یوگیش گپت، ستیش جمالی، ستین کمار، بلرام، دھریندر استھانا، رمیش بترا، اسرائیل، وغیرہ وغیرہ کوئی کتنے نام گنائے۔

ہندی کہانی نے اپنے ارتقائی سفر میں متعدد پڑاؤ پھاندے ہیں۔ ایک طرف وہ ہندوستانی ادب کی انسانیت پسندی کی روایت سے جڑی رہی ہے، دوسری طرف وہ آج کی زندگی سے ملاقات کرتی ہوئی موجودہ جذباتی موضوع کو جذب کرتی رہی ہے۔ سب سے بڑی بات کہ وہ زندگی میں گہرائی سے جڑتی چلی گئی ہے۔ بھلے ہی موضوع کی نگاہ سے اس میں زیادہ وسعت نہ آئی ہو لیکن اس میں یقیناً گہرائی آئی ہے۔ ہندی ادب کی یہ ابھی بھی سب سے زیادہ مقبول صنف ہے، شاید اسی لیے مختلف زاویوں سے، مختلف رجحانات سے متاثر ادیبوں نے اس صنف کو اپنایا ہے۔ بھلے ہی یہ کبھی ایک طرف تو کبھی دوسری طرف کو جھکتی رہی ہے، اپنا توازن کھوتی رہی ہے، لیکن اس سب کے رہتے، اس نے زندگی کا دامن نہیں چھوڑا، اسی وجہ سے آج بھی اس کی سرگرمی اور اثرات بنے ہوئے ہیں اور یقیناً مستقبل میں بھی اس کے ہاتھوں ہمارے ملک کا ادب مالامال ہوتا رہے گا۔

بھیشم ساہنی

گیان رنجن

گھنٹہ

'پٹرولا' کافی اندر دھنس کر تھا۔ درزی کی دُکان، سائیکل اسٹینڈ اور موٹر رُکنے کی جگہ کو پھاند کر وہاں پہنچا جاتا تھا۔ وہ کافی انجان جگہ تھی۔ اسے صرف پولیس اچھی طرح جانتی تھی۔ ہم لوگ اسی بالکل ٹکڑیا جگہ میں بیٹھنے لگے تھے۔ یہاں جتنی شانتی اور چھوٹ تھی دوسری جگہ نایاب تھی۔ ہمیں یہاں پورا چین ملتا تھا۔ 'پٹرولا' ایسی جگہ تھی جس سے عوام کو کوئی سروکار نہیں تھا۔ جہاں تک ہم لوگوں کا سوال ہے ہماری شہریت ایک پتلی ہڈی کی طرح بچی ہوئی ہے۔ اکھڑے ہونے کی وجہ سے لگ سکتا تھا، وقت کے ساتھ سب سے زیادہ ہم ہیں، لیکن حقیقت یہ ہے کہ بیٹھے بیٹھے ہم آپس بس ہی پھنکار لیتے ہیں، ہلتے نہیں ہیں۔ ہمارے جسم میں لوتھڑوں جیسی شانتی بھر گئی ہے۔ نشے کی وجہ سے کبھی کبھار تھوڑا بہت غصہ بن جاتا ہے اور آپسی چل پول کے بعد اوپر آسمان میں گم ہو جاتا ہے۔ اس نشے کی حالت میں کبھی ایسا بھی لگتا ہے، ہم بیدار ہو گئے ہیں۔ نجات کا وقت آگیا ہے اور بھیڑیا دھنسان پوری طرح پہچان لیا گیا ہے۔ لیکن ہم لوگوں کے جسم میں سنت ملوک داس اس قدر گہرا آسن مار کر جمے ہوئے تھے کہ بھیڑیا دھنسان ہمیشہ چالو رہا۔ ایسا لگتا 'پٹرولا' کی زندگی سے باہر چلے جانا کافی مشکل ہو گیا ہے۔ یہ جگہ ایک راحت کی جگہ میں تبدیل ہو گئی تھی۔ 'پٹرولا' سے نکل کر شہر کے اس علاقے سے اپنے

کمروں کو جب ہم واپس ہوتے تو شہر کا ڈھانچہ دکھائی دیتا تھا۔ ہمیں پورا یقین ہے کہ ہم سے زیادہ شہر کے ڈھانچے کے بارے میں کم لوگ جانتے ہوں گے۔ میرے ساتھیوں کو بیوی بچوں، سماج اور دیش دنیا سے شاید ہی کوئی تعلق رہ گیا تھا۔ وہ لوگ ایمنٹی ہی تھے فطری تھے۔ اپنے ساتھیوں میں میں واحد ایک ایسا شخص تھا جس کا فیصلہ زندگی نے ابھی نہیں کیا تھا اور جو دو لالچوں کے درمیان ابھی غور اور سوجھ بوجھ کا طریقہ استعمال کر رہا تھا۔ یہ بھی بہت حد تک ممکن ہے کہ میں ہمیشہ کے لیے ہی ایسا چالاک شخص بن چکا ہوں —— لیکن میں فی الحال پکا نہیں جانتا۔

اکثر ایسا ہوتا ہے کہ جب میری صحت گھگھیانے لگتی ہے، رت جگوں کی تعداد حدود پار کر جاتی ہے اور مجھے یہ دکھائی دیتا ہے کہ اخلاقیات ترقی کر رہا ہے اور اس درمیان اس کا رتی بھر بھی زوال نہیں ہوا ہے، تب میں لمبا سوتا ہوں، شوونڈو کے گلیاروں میں گھومتا ہوں، کوکا کولا پیتا ہوں اور ہیلو ہیلو —— 'پٹرولا' کو گول مار جاتا ہوں۔ میرے ساتھی ممکن ہے اس بات کو تھوڑا بہت جانتے ہوں لیکن وہ پرواہ نہیں کرتے۔ میرے پاس کچھ ایسے کپڑے بھی ہیں جن کا جسم سے اور خود کی گزشتہ زندگی سے کوئی میل نہیں ہے اور جنھیں پہنتے ہی مجھے لگتا ہے بھیس بدل گیا ہے۔ میں انھیں تب پہنتا ہوں جب 'پٹرولا' میں نہیں جانا رہتا۔ مجھے ان کاسٹیوم جیسے کپڑوں کی شرم بھی ستانے لگتی ہے لیکن میں نے انھیں کبھی ہمیشہ کے لیے پھینک نہیں دیا۔ برسوں نہیں پہنا لیکن سنبھال کر رکھا۔

ایک دن 'پٹرولا' سے باہر پان کی دکان تک میں نکلا کہ نیم سے اچانک ملاقات ہوگئی۔ کافی رات جا چکی تھی۔ نیم جب سے بیما ایجنسی چلانے لگا ہے، خوبصورت ہو گیا ہے۔ ایک وقت نیم کی زندگی ایسے حالات پر پہنچ چکی تھی کہ لگتا وہ بھی 'پٹرولا' کے گروپ میں شامل ہو جائے گا لیکن وقت رہتے ہی وہ بال بال بچ گیا۔ پوری طرح سے محفوظ اور سکھی رہنے کے بعد اب وہ جب بھی ملتا ہے 'پٹرولا' کی زندگی پر رال ٹپکانا شروع کر دیتا ہے۔ کہتا ہے، 'کہاں بیمہ میں پھنس گیا۔ تم لوگوں کے ساتھ کی زندگی اب کہاں نصیب ہوتی ہے!' میں سمجھتا ہوں اب اس کے پاس کافی پیسہ ہے اور آرام بھی خوب ہو گیا ہے۔ دو چار منٹ مشکل سے بیتے ہوں گے نیم نے کندن

سرکار کے بارے میں کہنا شروع کر دیا۔ مجھے پتہ تھا، وہ کندن سرکار کی بات ضرور کرے گا اور بہت جلدی میں ہونے کے باوجود مجھے اس ذکر کا انتظار تھا۔ وہ مجھے جب بھی ملا کندن سرکار سے تعارف کرانے کے لیے تقریباً بھڑ سا گیا۔ ضرور اِس میں اس کی کوئی خوشی تھی۔ شاید وہ بتانا چاہتا ہو، ہماری دوستی کا پکّا پن ابھی بھی بنا ہوا ہے، وقت نے اسے مٹایا نہیں ہے۔

کندن سرکار والی بات برسوں سے چلی آ رہی تھی اور آج تک ڈیوڑھی نہیں بیٹھی۔ اس بار نیم نے پھُسپھسا کر، مسکرا کر اس کے یہاں اچھی شراب کا بھی وعدہ کیا۔ اس نے دم دیا، کندن سرکار کے ساتھ مجھے بوریت نہیں ہوگی۔ تم ادیب اور وہ انٹلکچوئل، واقعی مزہ آجائے گا۔ حقیقت یہ تھی کہ کافی عرصہ پہلے ہی ادب مجھ سے چھوٹ گیا تھا۔ اب بہ مشکل تھوڑا بہت چھوڑا باقی تھا لیکن نیم سے یہ بات میں دبا گیا۔ میں جانتا ہوں اس سے الجھنا وقت کی ایک واہیات بربادی کے علاوہ کچھ نہیں ہے۔ نیم بالکل چپنٹا ہے۔ جاتے جاتے وہ چیختا گیا، 'بدکتا نہیں، کل پکّا رہا۔ ایسا آدمی تم کو کم ملے گا جو اپنی پوزیشن کو لات مار کر چلتا ہو۔ دوست قسم کا ذی روح اور ٹاپ طبیعت۔ بولو، تم اور کیا چاہتے ہو بھائی۔' چلتے چلتے وہ پھر رُکا اور تھوڑا جوش میں آ کر بولا، 'وہ تمھارے ساتھ ہوٹل چلا جائے گا، نہ کپڑے جھاڑے گا اور نہ ناک سکوڑے گا۔ کل پکّا رہا۔'

میں ساری چیزوں کو برداشت کرنے کی تیاری کرتا ہوا، شراب کے مقصد کو پکڑ کر، کندن سرکار، کندن سرکار سوچتا ہوا 'پٹرولا' واپس لوٹا۔

کندن سرکار کافی بھنکتا ہوا نام تھا۔ شہر کے تمام ادیب اور دانشور اس تک پہنچ چکے تھے۔ یہ سب اوسط درجے کے ادیب تھے، جس کا کھاتے، اس کا بجاتے بھی خوب تھے۔ جہاں سے آدمی کی پوچھ چھوٹ گئی ہے، ان لوگوں کے اس مقام میں، کندن سرکار کو دیکھتے ہی کھجلی اور رہے قسمت جیسی گدگدی ہونے لگتی تھی۔ کندن سرکار اور دانشوروں کے تعلقات کو دیکھنے والے بہت سے تماش بین چاروں طرف پھیلے ہوئے تھے جنھوں نے شہر کے بیدار مراکز پر کندن سرکار کی ہوا باندھ رکھی تھی۔ میں نے اپنے ساتھیوں کو کچھ بھی نہیں بتایا اور کچھ وقت کے لیے بھاگ گیا۔

انھیں اپنا لالچ بتانا ممکن بھی نہیں تھا۔ 'پٹرولا' کے ساتھیوں میں زیادہ تر ایسے تھے جو کندن سرکار کی طرح کے آدمیوں کو اپنے فلاں صوبہ پر رکھتے تھے۔ وہ لوگ پوری طرح مڑے ہوئے تھے۔ صرف میں ہی تھا، اٹکا ہوا، عزت، ذلالت، عہدے، پیسے، اور دیش سماج سے ڈگمگانے والا۔

کندن سرکار ایسے عہدے پر تھا جہاں رہ کر عام طور پر عوام کے قریب نہیں رہا جا سکتا۔ اس کے باوجود وہ ایک بے جوڑ سماجی فرد تھا۔ سرکار کو پتہ نہیں کیسے اس نے بیوقوف بنا رکھا تھا۔ اسے ادبی شخصیتوں، فن سے محبت کرنے والوں اور دانشوروں سے گفتگو کرنے، ان کے درمیان گھلنے ملنے اور انھیں شراب پلانے کی تمنا رہتی تھی۔ اس شہر میں کئی سو فنکار، ادیب ہیں لیکن کندن سرکار ان سے کبھی گھبرایا نہیں۔ وہ ایک کو ہمیشہ ساتھ رکھتا تھا۔ ایک وقت میں ایک۔ وہ تجربہ کرتا چلا جا رہا تھا۔ اس کے ساتھ رہنے والے شخص کو لوگ کندن سرکار کا گھنٹہ کہتے تھے۔

ان دنوں کندن سرکار کا گھنٹہ میں تھا۔ وہ مجھ سے ذرا بھی نہیں بدکا۔ میری چٹی کافی گندی تھی۔ اپنا اوگھڑ روپ لے کر اس کے گھر میں داخل ہوتے ہوئے مجھے لگا، یہ قطعی مناسب اور آرام دہ جگہ نہیں ہو سکتی لیکن لالچ کا کہیں کوئی جواب نہیں ہے۔ شراب زندگی کی روشنی ہو گئی تھی۔ کسی سے شراب کیا پی لی، سمجھا بہت ٹھگی کر لی۔ یہ حالت تھی۔

شروع میں اس نے مجھے معمولی شراب پلائی جب کہ اس کے پاس یقیناً اونچی شراب کا بھی اسٹاک موجود تھا۔ وہ بھانپنا چاہتا تھا کہ یہ کتنا اٹھا ہوا دانشور ہے۔ دوسری بات یہ ہے کہ میں ایک خستہ حال شخص تھا۔ اگر میں مالدار دانشور ہوتا تو کندن سرکار کا سلوک کچھ دوسرا ہی ہوتا۔ کندن سرکار نے خزانہ کھول نہیں دیا۔ میرے ساتھ وہ لوفریٹی کے ڈھرّے کی طرف زیادہ بہکتا تھا۔ اس نے مجھ سے کئی بار چالو جگہوں میں چلنے کو کہا جب کہ مجھے چالو ٹھکانوں کا علم نہیں تھا۔

میرے ساتھ اس کی یہ حالت تھی کہ سڑکوں پر ٹہلتے ٹہلتے تھک جانے پر وہ رکشہ بھی نہیں کرتا تھا۔ کئی کئی دن ایسے نکل جاتے تھے کہ کافی چائے کے علاوہ کچھ

بھی ٹھوس پروگرام نہیں ہوتا۔ وہ بیڑی مانگ مانگ کر میرا بنڈل پھونک دیتا جبکہ اس کی جیب میں اسی وقت قیمتی سگریٹ رکھی ہوئی ہوتی۔ مجھے اس میں کیا فائدہ تھا لیکن میں پتہ نہیں کیوں انتظار کرتا رہا۔ کندن سرکار کے لیے یہ تجربے، مزے اور تمنائیں پوری کرنے کے دن تھے۔ کیا اسی بیدار بیوقوفی کے لیے میں اپنے ساتھیوں کو چھوڑ کر آیا تھا۔ وہ کہتا بھی تھا، 'یار، کھلی زندگی کا ایسا مزہ پہلے کبھی نہیں آیا!'

'مزہ نہیں آیا، مزے کے لیے آئے ہو میرے پاس، کنتے کی اولاد؟' کڑھتا ہوا میں غصے سے کٹ گیا۔ طبیعت ہوئی پھاڑ کر رکھ دوں میں اس کا اور اپنا ڈھونگ۔ مجھے شرم بھی ستاتی تھی —— اپنے ساتھیوں کو چرکہ دے کر، انھیں اپنے سے محروم رکھ کر میں یہاں موج کے لالچ میں چلا آیا۔ وہ لوگ خطرناک راستوں پر زندگی پھانس دینے کے باوجود کبھی اپنے کو اِدھر اُدھر ہلاتے ڈلاتے نہیں۔ وہ لوگ پختہ ہیں اور دکھی نہ ہونے والے۔ لیکن میں کندن سرکار کا گھنٹہ ہو جانے کی وجہ سے دکھی تھا۔ میں اپنے کو ہی بہلا رہا تھا، بیوقوف بنا رہا تھا۔ میں نے فیصلہ کیا کہ جلدی ہی ننگلا جائے نہ اُگلا جائے والی حالت کو تمام کر دینا ہے۔ سچائی کا لمحہ قریب ہے اور اب ٹھکانہ ہو جائے گا۔

جلدی ہی یہ احساس ہو گیا کہ کندن سرکار کا ساتھ دینا بہت کٹھن کام ہے اور غیر ضروری بھی۔ روز دو گھنٹے اس کے ساتھ ادبی گفتگو کر سکنے کی طاقت اگر آپ میں ہے تو اس سے اچھی نبھ سکتی ہے۔ مجھے اس کی کرانک حالت کا پتہ نہیں تھا۔ ادب اُسے بواسیر کی طرح پریشان کرتا تھا۔ کیسی بھی گھامڑ صورت حال ہو اور بات چیت کا کیسا بھی رُخ، ادب کی طرف اُسے موڑنے میں وہ وقت نہیں لگاتا تھا —— ایک گیئر بدل کر، نیا گیئر لگانے میں جتنا وقت لگ سکتا ہے، اتنا وقت۔ میری ایسی ریاضت نہیں تھی۔ میں اندر سے بہت جلدی بول گیا۔ اپنی حد سے زیادہ برداشت کے باوجود 'سچ کا لمحہ' آ ہی گیا۔

کندن سرکار نے ایک بار مجھے تفصیل سے بتایا تھا، فنکار کو بھوگی ہوئی زندگی جینا چاہیے۔ تبھی اس کا کوہبر تجربات سے بھرا رہ سکتا ہے۔ اسے بے شمار نام پتے معلوم تھے، جنھوں نے تجربہ کے بھروسے اپنے وقت کے تمام حریفوں کو پٹرا

کر دیا تھا۔ ادب کے متعلق اس کے محاورے اتنے عجیب ہوتے تھے کہ سر پیٹ لینے کی طبیعت ہوتی تھی۔ اس کا کہنا تھا کہ 'سماج روپ کھیت میں، زندگی کھاد ہے' ادیب کسان اور ادب فصل، اسی طرح جیسے عورت دھرتی کا روپ ہے، مرد ہل اور اولاد پھل۔'

مجھے بھی بولنا پڑا تھا۔ خاموشی ناممکن تھی۔ اگر اسے یہ پتہ چل جاتا کہ میں اُکتایا ہوا شخص ہوں تو اس سے قبل کہ میں فیصلہ لے کر گیٹ آؤٹ ہوتا وہ مجھے سلام کر دیتا۔ اس لیے میں بھُوسے کو رس لے کر چباتا رہا۔ 'آپ کی زبان میں غضب کا چمتکار ہے'، میں کہتا۔ وہ چمک کر بولتا، 'چمتکار، حقیقت کو آپ چمتکار بتاتے ہیں، خوب ہے!'

اس نے مجھے بار بار بتایا کہ وہ سچائی کا پجاری ہے۔ 'تم دیکھو میں اسکاچ پی سکتا ہوں پھر بھی ٹھرا کیوں پیتا ہوں، بیڑی کیوں پیتا ہوں، سڑکوں پر پیدل کیوں بھٹکتا ہوں، بورا کھادی کیوں پہچانتا ہوں، گاڑی ہوتے ہوئے بھی پیدل کیوں چلتا ہوں، جب کہ میں ادیب نہیں ہوں —— بس انٹلکچوئل ہوں۔ اصل بات یہ ہے کہ مجھے سچائی خوب صورت لگتی ہے اور سچ جمع کر رہا ہوں۔'

کسی طرح وہ آخری دن آگیا۔ زکام نے میری طبیعت جھونک رکھی تھی۔ ناک کی حالت ٹونٹی جیسی ہوگئی تھی۔ ایک عجیب طرح کا چڑچڑاپن مچا ہوا تھا۔ زکام کی وجہ سے آخری دن اور پکا ہوگیا۔ ادھر یہ عجیب اتفاق تھا کہ کندن سرکار کی جیبوں میں اسی دن سکّے میرے لیے لہر مار رہے تھے۔ اس دن اس نے خوب خرچ کیا۔ صبح سے شروع ہو کر شام تک ہم پیتے گھومتے رہے۔ میرے مَن میں بھی تھا، زیادہ سے زیادہ کھسوٹ لو کندن سرکار کو، دوسری صبح نہیں آنے والی ہے اس چونیے کے ساتھ۔ جب شام ہوئی اور بتّیاں جلیں وہ ایسے ریستوراں میں لے گیا جہاں میں کبھی نہیں گیا تھا۔ وہ ایسی جگہ تھی کہ میں وہاں جا بھی نہیں سکتا تھا۔ حالاں کہ یہ ایک اقتصادی معاملہ تھا پھر بھی شریف جگہیں مجھ سے سہی نہیں جاتیں وہاں میں جوش میں آجاتا ہوں اور اُلٹی آنے لگتی ہے۔ اس دن کی بات لگتا ہے کچھ اور ہی تھی۔ چھتے میں شہد کی طرح نشہ جسم میں پیوست تھا اور جسم درخت کی طرح گرے بغیر جھوم رہا تھا۔

ریستراں کا ہال بھرا ہوا تھا۔ مدھم روشنی تھی اور مرد عورتوں کی تعداد برابر لگتی تھی۔ چاروں طرف خوشبوئیں جمع تھیں اور تھوڑا ادھر ادھر ہونے پر وہ بدل جاتی تھیں ہمیں دو کرسیوں کا ایک ٹیبل مل گیا۔ کندن سرکار کی کوٹ میں ایک جن کا ادّھا تھا۔ بیٹھنے کے فوراً بعد وہ تاک میں لگ گیا۔ میں اس جگہ میں کافی پھنسا ہوا محسوس کر رہا تھا۔ رفتہ رفتہ میری سانس بہتر ہوگئی اور میں احتیاط سے جانکاری کرنے لگا۔ میں نے ایک ساتھ ایسی عورتیں اور مرد کبھی نہیں دیکھے تھے۔ میرا دماغ دارو اور زکام میں سنے رہنے کے بعد بھی کہیں تھوڑا بچ گیا تھا۔ یہاں پر تھوڑی دیر مجھے اپنی بھارت دھرتی کی یاد آتی رہی۔

کندن سرکار نے بتایا، اس ریستراں میں زیادہ تر فوجی افسر اور اُن کے خاندان کے لوگ ہی آتے ہیں۔ مجھے فوراً یقین ہوگیا کہ یہاں بیٹھے ہوئے لوگ فوجی افسر ہی ہو سکتے ہیں۔ اس جگہ کا اصل سنسار سے کوئی واسطہ نہیں لگتا تھا۔ یہاں کوئی بھی شخص غصے والا، سنجیدہ اور دکھی نہیں نظر آرہا تھا۔ سب صحت مند، تر اور چکنے چہرے تھے۔ کندن سرکار بھی اسی تر سنسار کا فرد لگ رہا تھا۔ ایک اجڑے شخص کو بٹھا کر شراب پلا دینے سے کیا اس کی جگہ اس سنسار سے ہٹائی جا سکتی ہے؟

میں نے دھیان دیا، ہال میں دو طرح کی عورتیں تھیں کچھ بالکل دبلی پتلی اور کچھ جنھیں دیکھ کر لگتا بالٹی بھر کر حاجت کرتی ہوں گی۔ موٹی عورتیں مردوں کے لیے سب سے زیادہ خواہش مند دکھ رہی تھیں۔ مرد بھی پیچھے نہیں تھے۔ چیزوں کو چکھتے ہوئے وہ دوسروں کی عورتوں کی عصمت خوش اسلوبی سے چاٹ رہے تھے۔ وہ اپنے علاوہ دوسروں کو وہاں غیر حاضر سمجھ رہے تھے۔ کہیں وہ اس بدبو کے بھی شکار تھے کہ ریستراں کا یہ ہال ان کے لیے ماحول بناتا ہے اور یہ دنیا ان کی زیبائش کے لیے بنی ہے۔ مادر ... میرا دماغ ایک دم سے کڑک ہوگیا، آخر تم لوگ کب تک غلام بنے رہو گے اور ہم کب تک اکسٹھ باسٹھ کرتے رہیں گے۔

اب تک کندن سرکار ٹانگوں کے درمیان جن کی سیل توڑ کر آدھا پیگ پانی کے گلاسوں میں ڈال چکا تھا۔ جن اب پانی کی طرح ٹیبل پر رکھی تھی اور وہ اسے دھیرے دھیرے پی رہا تھا۔ تبھی ڈائس پر ساز سنگیت شروع ہوا۔ ساز سنگیت جیسے سیار

بول رہے ہوں، ہواں، ہواں اور دہشت ناک چیخ ہو رہی ہو۔ بہت گھال میل تھا اس میں۔ میں نہیں جانتا یہ شراب تھی یا میرا اصل روپ، لیکن مجھے ساز کی آوازوں سے متلی آنے لگی۔ میں نے سوچا، اندر کی تلخیاں اچانک اچھے ذائقے میں تبدیل ہو جائیں، اس کے پہلے مجھے کچھ کر ڈالنا چاہیے۔ ذرا سا سستانے لگو، دنیا گلے کے نیچے کھسکنا شروع کر دیتی ہے۔ میں نگلنا نہیں چاہتا، اگلنا چاہتا ہوں۔ نشے نے مجھے بچا رکھا تھا، نہیں تو اس وقت مجھے پتہ ہے، کسمساکر، زیادہ سے زیادہ دو چار گالیاں بکتا اور 'سو۔سو' ہو جاتا۔ فی الحال میرا دماغ ایک باغی مستی سے بھرا ہوا تھا۔

میں نے غور کیا کہ پہلے سے حالت بہتر ضرور ہوئی ہے۔ پہلے میں صرف مسکراتا تھا۔ جیسے سنسار ایک چوتیا ہے اور میں اسے سمجھ گیا ہوں۔ حالت یہاں تک پہنچی کہ اس مسکراہٹ کی وجہ سے میں گھونگھا سمجھا جانے لگا تھا۔ اس شاکا ہاری مسکراہٹ سے حکومت کا تو کچھ بگڑتا نہیں۔ دمدار مسکراہٹ تو راجہ کی ہوتی ہے، مہنت کی ہوتی ہے، عورت کی ہوتی ہے اور خطروں سے آزاد جن کا جمن ہے ان کی ہوتی ہے۔ مسکراہٹ گئی تو اب اُلٹی آنے لگی ہے۔ توڑ پھوڑ مچنے لگتی ہے۔ بھرپور طریقے سے ایسا ہی ہوتا رہے، یہ بھی آسان نہیں ہے کیوں کہ جمہوریت کا رومانس اور عوام کے احساس کو پتہ نہیں کب اندر ایسا کچل دیا گیا ہے کہ توڑ پھوڑ تو درکنار ہو جاتے ہیں بس بے چارہ جاتا ہے ایک کُن گُنا یُدبُد۔

میں نے تیزی سے اپنا گلاس اٹھایا اور پی گیا۔ مجھے ڈر ہوا آج کی اُلٹی اور بےچینی اور پھٹتی ہوئی طبیعت کہیں بھاگ نہ جائے ـــــ کہیں مسکراہٹ کے دن نہ آجائیں مسکراہٹ کو جڑ سے کھود ڈالنا ہے۔ میں نے کندن سرکار کی طرف دیکھا، آج میرا آخری دن ہے ـــــ آج کے بعد میں تمہارا گھنٹہ نہیں رہوں گا، کندن سرکار! کندن سرکار کو اس کا کیا پتہ، وہ اطمینان سے پی رہا تھا۔ پھر بھی شہر میں ابھی بہت سے لوگ بچے تھے، اس کا گھنٹہ بنانے کے لیے۔

کندن سرکار نے گھڑی دیکھی، بیرے سے کچھ کھانے کو منگوایا اور مجھے آہستہ سے بتایا، 'وقت آگیا ہے، اب چھوکری آئے گی گانا گانے۔'

'ٹھیک ہے چھوکری کو آنے دو!' میں نے کہا۔

کندن سرکار نے بچی کھچی شراب بھی گلاسوں میں نکال دی اور میں کرسی ٹھیک کر کے ڈائس کی طرف چہرہ کیے اس طرح بیٹھ گیا جیسے سامنے فلم ہونے والی ہو۔ میری نظر کے سامنے ایک عورت کی گملے برابر اونچی، کالی کھوپڑی آگئی تھی، اس لیے میں نے کرسی ٹھیک کی۔ اسی درمیان کچھ مضبوط اور سندر غنڈے آئے اور ہال کا پورا چکّر مار کر واپس کہیں اندر چلے گئے۔ شاید وہ جانچ پڑتال کرنے آئے ہوں گے۔ سب سے پہلے میں نے سوچا، یہ لوگ مال کے چکّر میں ہیں، لیکن نہیں، وہ لوگ صرف ذمہ داری دکھاتے ہوئے چلے گئے۔ جیسے فوج خاص مقصد سے، جنتا کے لیے سڑکوں پر پریڈ کرتی ہے۔

لڑکی فرّاٹے سے ہال میں آئی۔ لگتا نہیں تھا کہ وہ چل رہی ہے، وہ تیر رہی تھی۔ ڈائس پر جانے سے پہلے وہ ہر طرف گھومی۔ بچے جیسے کاغذ کا ہوائی جہاز، ہوا میں اڑاتے ہیں، اسی طرح وہ اپنی انگلیوں سے بوسہ پکڑ کر اِدھر اُدھر ہر طرف اڑاتی رہی۔ اس کا چہرہ تر و تازہ تھا اور وہ چھوٹی سی لڑکی لگتی تھی۔ اس کے دھڑ پر ڈیڑھ فٹ کا بے حد کسا ہوا ایک سنہرا کرتا تھا۔ وہ کافی لول طریقے سے گھومتی ہوئی گانے لگی۔ حرامزدگی اس کی آنکھوں اور چھاتیوں پر دیکھی جا سکتی تھی۔ گاتے ہوئے وہ اکثر کندھوں کے زور سے چھاتیوں کو پرندوں کی طرح ہال میں اُچکانے کا کھیل کرتی تھی۔ دراصل یہ اس کی ٹیک تھی اور اس کے بعد وہ دونوں ہاتھ ملا کر، شانت آگے کی سطریں یاد کرتی تھی۔ اُسے اپنے پیشے اور ہوتی ہوئی رات کا بالکل ڈر نہیں تھا۔ اپنے چہرے سے وہ آرکسٹرا ساتھیوں کو وقت وقت پر پرجوش اور سرابور کرتی چلتی تھی۔

ریستراں لذّت سے بھر گیا تھا۔ صوفوں پر دھنسے ہوئے لوگ آواز کیے بغیر باتیں کر رہے تھے۔ میں نہیں سمجھتا کہ بکری کے میمنگنی کے سائز سے زیادہ کبھی ان کا منہ کھلتا رہا ہوگا۔ مرد سمجھ رہے تھے گاتی ہوئی لڑکی ویشیا ہے، یا چونی برابر اور ان کی عورتیں ویشیا نہیں ہیں۔ ان کی آنکھوں میں بیڈ روم سین چمک رہا تھا۔ دراصل یہ اپنی بیویوں کو دکھا رہے تھے کہ دیکھو تمھارے علاوہ اور بھی مل سکنے والی چیزیں ہیں۔ عورتیں بھی چُپ نہیں کر جاتیں۔ کہتی ہیں، 'وہ دیکھو لیفٹ کارنر والی

میز، نیلی جارجیٹ کے بغل والا نوجوان کتنا اسمارٹ لگتا ہے ڈارلنگ !' 'ابھی اس کا اسکواڈرن لیڈر کا پرموشن نہیں ہوا ہے،' جونیئر ہے مجھ سے ،' اس سے کیا، وہ چُست اور خوبصورت ہے اور اسکواڈرن لیڈر ہو جانے پر تو اور ہو جائے گا،'

ہم سے تھوڑا ہٹ کر، تیسری ٹیبل پر، نہایت لمبی، سو جوں جیسی نوکیلی مونچھوں والا ایک ادھیڑ عمر شخص بیٹھا ہے۔ بیچ بیچ میں لوگوں کی آنکھوں میں دھول جھونک کر وہ مونچھ کی نوک سے اپنے ساتھ والی عورت کا گال گدگدا دیتا تھا۔ ایسا کرتے وقت وہ آرکسٹرا ڈائس کی طرف دیکھنے لگتا ہے — یہ دکھاتے ہوئے جیسے مونچھ اور گال کا کھیل اچانک ہے۔

میرے دیکھتے ہی دیکھتے ڈائس پر ایک عجیب بات ہوئی۔ اس لڑکی کے ساتھ جو گا رہی تھی اس کی شلوار کا ناڑہ ، مسلسل ہپس چلانے یا پہننے کی جلد بازی کی وجہ سے سنہرے کپڑے کے نیچے لٹک آیا۔ اس کی نیچے اور اوپر کی پوشاک کی بہ نسبت وہ میلا کچیلا لگ رہا تھا۔ سنگیت کے ساتھ اب یہ ناڑہ بھی ہل رہا تھا۔ میں بھن بھنا کر ہنس پڑا۔ یہ دل سے نکلی ہنسی تھی — بالکل بے قابو۔ وہ کافی دیہی لگ سکتی تھی اور کسی بھی مہذب شخص کو اس مقام پر بچکا سکتی تھی۔ کندن سرکار چونک پڑا۔ اُسے کافی شراب کے بعد بھی جگہ کا ہوش تھا اور اُسے میری ہنسی ناگوار گزری۔ یہ ہوش ایسا ہے جو سب کچھ کے بعد بھی زندگی کو محفوظ رکھتا ہے اور ہر حادثے سے اُسے بچاتا رہتا ہے۔ کندن سرکار نے مجھے بُری طرح ڈانٹ دیا، 'ادب سے رہو، یہ اونچی جگہ ہے۔ تم نے دیکھا، تمھارے علاوہ یہاں کوئی ہنسا ناڑے پر۔ تہذیب کی وجہ سے ہی یہاں بیٹھے ہوئے لوگ یہ محسوس کر رہے ہیں کہ یہ ان کا ہی ناڑہ ہے جو وہاں لٹک گیا ہے۔' پھر وہ رعب سے بولا، 'تم نے شاید اسے 'پٹرولا' سمجھ لیا ہے؟'

'چپ بے!' اور میں کھڑا ہو گیا۔ 'پٹرولا' کا نام میں برداشت نہیں کر سکتا تھا۔ میرے ہاتھ میں کوکا کولا کی گردن تھی۔ وہ فوراً چاپلوس ہو گیا، 'میرے دوست' تمھیں نشہ ہو گیا ہے، نیبو کا پانی منگاتا ہوں۔' اس نے مجھے پچکار کر بٹھا دیا۔ پہلی بار اس نے میرے ساتھ اپنی اخلاقی زبان کا استعمال کیا اور پہلی بار اس نے اپنی تہذیب کا مظاہرہ کیا۔ جو بھی ہو اس نے میری قیمتی ہنسی دبوچ دی تھی۔

میرا جوش پوری طرح شانت نہیں ہوا۔ طبیعت کا رُخ ہی پوری طرح پلٹ گیا۔ آگ کے لیے گھی اور پانی دونوں لیے ہوئے میں اس طرح سے بیٹھا رہا جیسے اکیلا ہوں اور سامنے کندن سرکار ایک کرسی کی طرح رکھا ہوا ہے۔ مجھے اس کی ڈانٹ کا بہت دکھ ہوا۔ میں کندن سرکار کے پاس شراب کا فائدہ اٹھانے آیا تھا، ڈانٹ سننے نہیں۔ ادب پر گفتگو کرنے اور مغز ماری کرانے نہیں آیا تھا۔ کندن سرکار کے لیے بے حیا مصرع چاہیے۔

ذلالت اور غصے کا عجیب کاکٹیل دماغ بنا ہوا تھا۔ چاروں طرف دکھائی دے رہا تھا، گڈی گڈی، چھیچھالیدر۔ پتہ نہیں کہاں گم ہو گیا ہے میرا جنگلی پن اور زندگی کا بھبھکا۔ بس بچا ہے چھچھوراپن اور زیادہ سے زیادہ ایک تھوتھو۔ اندھیرا غراتا ہوا پھیل رہا ہے۔ بھن بھن بھن، دماغ بھن بھنا رہا ہے۔ اچانک بیٹھے لوگوں کو میں مخاطب کرنے لگا، ' ارے فوجی مچھرو اور نازنینوں، دور نہیں ہے وقت، تہذیب پلٹ کر وہ طمانچہ دے گی کہ تم لوگوں کی لینٹری تر ہو جائے گی۔ پکڑے پکڑے پھر وگے۔ یہ جو رائفلیں تمھارے پاس ہیں اور جو صرف تمھارا پیٹ ڈھو رہی ہیں، تمھاری نہیں رہیں گی۔ بھاگو، بھاگو۔ رائفل کا کام پیٹ ڈھونا نہیں ہے!

ہاں، نہیں تو، دس سال برباد ہو گئے۔ کبھی الٹی کبھی مسکراہٹ، کبھی مسکراہٹ کبھی الٹی۔ بس یہی الھڑپنا۔ دیش کے لیے موٹی پگار کاٹتے ان تر لوگوں اور سنگیت نائیکا بنی بیٹھی نخاس کی اس رنڈی کو کچھ بھی پروا کیوں ہو۔ یہ سمجھتی ہے کہ سارا دیش جیسے عورت کے ایک سنٹی میٹر والے 'فلاں' صوبہ میں ہی داخل ہو جانے کا انتظار کر رہا ہے۔ تھوڑا ٹھنڈا ہونے پر مجھے دھیان آیا، باہر کے سیکڑوں صحت مند نوجوان سب کچھ چھوڑ کر برسوں سے کمیٹیوں کے نیچے گانجے کا دم لگا رہے ہیں، اُف، لیکن گانجے کا راستہ کبھی پورا نہیں ہوگا۔

ریستراں کے ہال میں بے چینی بھرتی جا رہی ہے۔ بیٹھے لوگ خطرے میں پھنس رہے ہیں۔ مجھے خوشی ہو رہی تھی اور ایک گہرے خواب میں میں ڈوبتا چلا جا رہا تھا۔ رگوں میں لہو بے خوف ہوتا جا رہا ہے۔ آرکسٹرا کان میں بڑا شست لگ رہا تھا، سن سن کرتا ہوا۔ لڑکی کسی طرح ڈوبتی لے میں چلی جا رہی تھی۔ دماغ

میں کوئی انجانا اور گپ چپ طریقہ چل رہا تھا۔ اندر وضرور آیا ہوگا، یہ آخری وقت ہے، اس کے بعد اگر یوں ہی پڑے رہے تو سب کچھ پہلے جیسا ہو جائے گا۔ اچانک کیا ہوا، میری مٹھی اپنے آپ جکڑ گئی —— آپے سے باہر ہو گئی۔ کندن سرکار نے پھرتی سے میرا ہاتھ پکڑ کر کھینچنا چاہا، وہ مجھے تاک رہا ہوگا لیکن تب تک کوکا کولا کی بوتل مٹھی سے باہر ہو چکی تھی، بے حد، جھنجھناتے شور کے ساتھ۔ سامنے کانچ کی دیوار ٹوٹ پھوٹ گئی، میں جاگ سا گیا اور دیکھا ڈائس پر سے لڑکی، بدحواس، پولس پولس چلاتی بھاگ رہی ہے۔ وہ دوڑتی ایک دم سے گرین روم کے دروازے پر نکل آئے ایک غنڈے کی گود میں گر گئی۔ میں نے اپنا ٹیبل الٹ دیا اور کمانڈر کی طرح لوگوں کے سامنے تنا ہوا چیخنے لگا، 'چلے جایئے آپ لوگ یہاں سے نہیں تو مسل دیئے جائیں گے...!' اور پتہ نہیں کیا کیا۔

مجھے جب ہوش آیا، اس وقت بھی مار پڑ رہی تھی۔ تین چار غنڈوں کے درمیان مجھے اِدھر سے اُدھر دھکّا دیا جا رہا تھا۔ ایک آدمی ڈانٹتے ہوئے، تماشہ دیکھنے والے لوگوں کو اپنی اپنی جگہ بیٹھنے کے لیے کہہ رہا تھا۔ ایک غنڈہ ڈری ہوئی گلو کارہ کو سہارا دے کر ڈائس پر لایا اور وہاں چوکیدار کی طرح مستعد ہو گیا۔ اس نے لڑکی کا فالتو لٹکتا ناڑہ ہاتھ سے اٹھایا اور گلو کارہ نے اسے خود ہی اندر کھونس لیا۔ میری پٹائی کی نظامت کرنے والا جو خاص آدمی تھا اسے لوگ کلو گورد، کلو گورو کہہ رہے تھے۔ جس طرح سے فٹافٹ حادثے کا ملبہ صاف کیا جاتا ہے اسی طرح بکھرے کانچ اور مجھے ہٹانے کی کوشش ہو رہی تھی۔ کلو گورو نے چوتڑ پر ایک ہی لات دی کہ میں سیڑھیوں کے دہانے تک لڑکھڑا گیا۔ میں نے بیچ بچاؤ اور مدد کے لیے کندن سرکار کو ڈھونڈا، لیکن وہ پتہ نہیں کب کھسک چکا تھا۔ میں نے کندن کندن آوازیں بھی دیں تب تک کلو گورو نے کندن کے نام پر مجھے ایک گھونسا اور جڑ دیا۔ میرے جبڑے خون میں لت پت تھے جس ٹیبل کا پایہ پکڑ کر میں اٹھنے کی کوشش کر رہا تھا وہاں پر ایک نہایت ہی مہذب اور ڈرا ہوا شخص چین کے انتظار میں تھا۔ اس نے ساتھ کی عورت سے سرگوشی کی، رہی نکس لائک اے لوفر، عورت بڑی دلیری کے ساتھ خوش تھی۔ اس پر کوئی فرق نہیں پڑا۔ وہ مجھے دیکھ کر آہستے آہستے مسکراتی رہی۔

میں اپنے چوترے پر دوسری لات کھانے کی حالت میں نہیں تھا۔ میں جلدی اٹھا اور زینہ اترنے لگا۔ مجھے دھیان ہے، میں کہیں بیچ میں ہی رہا ہوں گا کہ اوپر ساز بجنے لگا تھا۔ دو ہی منٹ میں تہذیب پہلے جیسی ہو گئی تھی۔ نیچے گیٹ مین نے دروازہ کھولا اور سلام مارا۔ اسے کیا پتہ تھا کہ یہ سلام والا آدمی نہیں اترا ہے۔ وہ بے خبر شخص تھا۔

اس طرح کندن سرکار کا گھنٹہ سڑک پر گر پڑا۔ جس طرح بھیڑ بھری سڑک پر سائیکل سے گرنے والے سوار کو کبھی چوٹ نہیں لگتی، ویسی ہی میری حالت تھی۔ جھاڑ پونچھ کر میں سڑک پر آیا جو کافی سنسان تھی۔ انقلابی لہر ندارد ہو چکی تھی۔ ناک سے رال کی طرح زکام گرنے لگا۔ چلتا ہوا سیدھا میں اپنی پرانی جگہ 'پٹرولا' کے ساتھیوں میں پہنچا۔ مجھے دیکھ کر انھوں نے ایک ہلکا ٹھٹھا کا مارا۔ اس کے علاوہ کوئی دوسرا برا سلوک انھوں نے نہیں کیا۔

امرت رائے

بھور سے پہلے

سو یرے کا وقت ہے۔ گنگا اسنان کے پر بھی اکیلے اور دو کیلے اور چار چار چھ چھ کے گروپوں میں گنگا کنارے سے لوٹ کر دشا شو میدھ کے سبزی والوں اور میوہ فروشوں سے الجھ رہے ہیں، مول تول کر رہے ہیں۔ ساری دکانیں دُلہنوں کی طرح سجی وجی کھڑی ہیں۔ کہیں چائے والا چائے کے شوقینوں کو گاڑھے کتھئی رنگ کی چائے پلا رہا ہے، کہیں پان والا چاندی کا ورق لگا بیڑہ اور خوشبودار زردہ کسی گاہک کو پکڑا رہا ہے۔ ایک جگہ بنگلہ اخبار والا 'یوگانتر' اور 'آنند بازار' کی ہانک لگا رہا ہے۔ سب کے چہرے پر، سب کے کپڑوں میں، سب کی بولی میں ایک عجیب طرح کی تازگی ہے۔ سنہری دھوپ پھیل گئی ہے، جو اس بسنتی موسم میں ایک خاص رنگ بھر رہی ہے، جو کہ تندرستی کا رنگ ہے، جس کے بیچ سی۔ این۔ ڈے کا انگریزی دواخانہ اور ڈھیروں آیورویدک دواخانے اس وقت اندو بھوشن کو اچھے معلوم پڑتے۔ لیکن تھوڑا ہی ٹھہر کر غور کرنے پر اندو بھوشن کو یہ سمجھتے دیر نہیں لگتی کہ اس وقت فضا کی جو رنگت اسے دکھائی دے رہی ہے، وہ ہر وقت نہیں رہتی۔ وہ تو گھنٹے دو گھنٹے کی بہار ہے، اور اس کے بعد تو پھر جہاں زندگی کی طرف سبھی کھنڈر پڑ رہے، وہاں ہاری بیماری بھی ہے ہی۔

اندو بھوشن کو بغل سے ایک آواز سنائی دی: 'کہیے مہاشے جی!'

اندو بھوشن کو اس کا ذرا بھی گمان نہیں تھا کہ یہ جملہ اسی پر پھینکا گیا ہے' لہٰذا وہ اپنے خیالات کی رَو میں اپنی اسی دھیمی چال سے آگے، گھاٹ کی طرف بڑھتا رہا۔

اندو بھوشن کو اپنی جانب مخاطب نہ ہوتے دیکھ کر وہ کافی گھٹی ہوئی سی، مگر اب ڈھیلے ڈھالے گوشت پوست کا، ادھیڑ، ٹھگنا سا، گندمی رنگ کا آدمی ایک ہاتھ میں کچھ ساگ اور بینگن وغیرہ ایک چھوٹے جھولے میں، اور دوسرے ہاتھ میں ایک ڈیڑھ پاؤ آدھ سیر کا روہو کا بچہ لیے سامنے آ کھڑا ہوا، 'بولیے نا، کیسا ہے آپ؟ ہم آپ کو آواز دیا، آپ سنا نہیں'!

اندو بھوشن نے اسے پہچانا نہیں۔ اس شخص کے حلیہ سے، خاص کر اس کی بائیں آنکھ کی پتلی سے، اندو بھوشن کو چہرہ کچھ کچھ پہچانا ہوا سا لگا۔ بس اتنا کہ ہاں، یہ شکل کہیں دیکھی ہے۔ مگر کب اور کہاں، یہ بالکل یاد نہیں پڑتا تھا۔ اسی بھول کی لکیر کو پکڑ کر اس شخص نے اندو بھوشن کے کچھ بھی کہنے سے پہلے، کچھ مسکرا کر، اپنی جھینپ مٹاتے ہوئے کہا، ' آپ ہم کو پہچانا نہیں، ہم آپ کا پڑوسی، آپ کا ٹولا میں ہمارا ابھی باڑی .....'

اب اندو بھوشن کو ایک ایک کر کے ساری باتیں یاد آ گئیں، ' ابھی اس روز ہی بنگالی بابو تو اس کنارے پر پہلے والے مکان میں آئے ہیں، ابھی سات دن بھی تو ہوئے نہ ہوں گے' یہ اور ان کی تین لڑکیاں .....

' یاد آ گیا بنگالی بابو۔ ذرا دیر لگی۔ معاف کیجیے گا، پہلے کبھی ملاقات نہیں ہوئی تھی، نا بلیے۔ کہیے، گھر میں اچھی طرح جم تو گئے آپ؟ گھر اچھا ہے نا؟ باہر سے تو اچھا لگتا ہے۔'

' ایک دم بھالو باڑی ..... ہم لوگ کا پریوار بھا رُوم نہیں ہے۔'

' آپ کے ساتھ بس آپ کی تین لڑکیاں ہیں شاید؟'

جواب میں وہ شخص عجیب ڈھنگ سے مسکرا دیا اور اپنے آس پاس دیکھ کر کہا، ' ہاں مشائی، اور کوئی نہیں، دوسرا کوئی نہیں..... مشائی، آپ کا نام؟'

' اندو بھوشن۔ اور آپ کا نام؟'

' بینی مادھو بوس۔'

پھر ذرا دیر کے بعد بنگالی بابو بولے ، ’’ ہم سوچا ، آپ ہمارا پڑوسی ، آپ سے ہمارا آلاپ نہیں ہونے سے نہیں چلے گا ..... آپ بُرا تو نہیں مان گیا ؟ ‘‘

دبلا پتلا گورا سا اِندو ابھی نوجوانی کی اس منزل میں ہے ، جب ہر نوجوان کے دل میں کسی دوشیزہ سے قریبی تعارف کی بھوک رہتی ہے ، جب اسے ایسے کسی ساتھی کی ضرورت ہوتی ہے ، جس کے ساتھ وہ اپنی نئی عمر کی اس عجیب تنگ کرنے والی کسمساہٹ کو بانٹ سکے ۔ شاید اسی لیے بینی مادھو سے مل کر اسے مَن ہی مَن کچھ گُدگُدی سی محسوس ہوئی ۔ آتے جاتے اس نے دو تین بار ان لڑکیوں کو کھڑکی میں کھڑے دیکھا تھا ۔

اتوار کا دن تھا ، سویرے کا وقت ۔ وہ گھر کے سامنے صحن میں ڈیک چیر ڈال کر ایک کہانی کی کتاب پڑھ رہا تھا ۔

ابھی ابھی اس نے ایک کہانی ختم کی تھی اور کتاب بند کر کے ویسے ہی لیٹا ہوا شونیہ نگاہوں سے سامنے کی طرف دیکھ رہا تھا ۔ کہانی کی ہیروئن نے سنکھیا کھا کر خودکشی کر لی تھی اور اس کی آنکھ کے سامنے اسی کا اُداس مرجھایا ہوا چہرہ گھوم رہا تھا ، اور کان میں اسی کے آخری الفاظ گونج رہے تھے ـــــ ’میں جی نہیں سکی ، اس لیے مر رہی ہوں ۔‘

اِندو کا نوجوان مَن اس بات کو سمجھ ہی نہیں پا رہا تھا کہ اس لڑکی نے سنکھیا کیوں کھائی ؟ سنکھیا کھانا ہی کیا اس کے لیے آخری راہ بچی تھی ؟ کیوں مری وہ ؟ اس نے کیوں نہیں کہا ، ’’ میں ایسے سماج کو لات مارتی ہوں ..... حوصلہ ؟ سنکھیا کھانے کی ہمت تھی ۔‘‘

اس کا مَن ہیروئن کے خودکشی کرنے پر ناکام غصّے سے بھر رہا تھا ، ناکام غصّہ اس لیے کہ خود اس کے مَن میں کہیں پر یہ چور تھا کہ سماج کو لات مارنے کی بات کہنا جتنا آسان ہے ، لات مارنا اتنا آسان نہیں ہے ۔

ابھی وہ اسی کشمکش میں تھا کہ بینی مادھو بابو پھاٹک میں داخل ہوئے ، وہ دھوتی اور میلی سی ، پوری باہنہ کی قمیص پہنے ، جو کبھی سفید رہی ہوگی ۔ کسی نئے گھر میں پہلے پہل داخل ہوتے وقت جو جھجک آدمی کو ہوتی ہے ، وہی جھجک بینی مادھو بابو کو

بھی ہو رہی تھی۔ پھاٹک کھول کر وہ اندر داخل ہوئے تھے اور آگے بڑھنے کے پہلے اپنے اِرد گرد چوکنے خرگوش کی طرح دیکھ رہے تھے کہ اندر بھوشن نے اٹھ کر ان کا استقبال کیا'
' آیئے بنگالی بابو، آج اِدھر کیسے بھول پڑے ؟ '
بنگالی بابو نے وہیں سے کہا، ' شکریہ .... شکریہ .... آپ ٹھیک تو ہیں ؟ '
اِندو کا تازہ چہرہ بینی مادھو بابو کے اس خالص مخلصانہ سوال کا سب سے اچھا جواب تھا۔ انھیں کرسی دیتے ہوئے اندو نے کہا، ' جی میں بالکل ٹھیک ہوں، آپ البتہ کچھ کمزور دکھائی دے رہے ہیں '
بینی مادھو بابو نے کہا، ' آپی تَ جانِن اندو بابو، آپ تو جانتا ہمارا زندگی....'
جو بات ہماری ہمدردی اُبھارنے کے لیے کہی گئی ہو، اُسے سُن کر ہمدردی کے دو بول نہ کہنا بہت مشکل ہوتا ہے۔ اندو نے کہا، ' سچ مُچ بڑی کٹھن زندگی ہے آپ کی ..... آپ کی بڑی لڑکی کی عمر کیا ہوگی بنگالی بابو ؟ '
بینی مادھو بابو اس سوال کا مقصد کچھ خاص نہیں سمجھے، لیکن اتنا ضرور اُن کے مَن میں کوندھے کی طرح چمک گیا کہ اس آدمی سے اپنا پن بڑھانے کے لیے اس موقع کا استعمال ہونا چاہیے۔
بینی مادھو بابو نے ارد گرد دیکھ کر بہت دبی آواز میں کہا، ' جیسے کوئی راز کی بات کہہ رہے ہوں ـــــ ' جس لڑکی کی بات آپ کہہ رہا ہے اندو بابو اس کا عمر بیس سال ہے۔ اس کا نام مادھوی ہے۔ اس سے چھوٹا جو لڑکی ہے، اس کا نام پُتُلی ہے۔ اس کا عمر اٹھارہ سال ہے، اور راشی ..... وہ تو ابھی بچّہ ہے، ' کہہ کر وہ جھینپ مٹانے جیسی ہنسی ہنسا، ایک عجیب سی کھوکھلی ہنسی۔
اندو کو اتنے تفصیلی جواب کی امید نہ تھی۔ اس نے تو یوں ہی ہمدردی کے تحت پوچھ لیا تھا، یہ سمجھ کر کہ شاید سیانی لڑکی کی شادی کی فکر میں ہی بنگالی بابو گُھلے جا رہے ہیں۔ اور بنگالی بابو تھے کہ شجرۂ نسب ہی کھول کر بیٹھ گئے۔ اندو کو اس چیز سے کچھ الجھن سی محسوس ہوئی مگر اس نے کچھ کہا نہیں۔ تھوڑی دیر چپ بیٹھا انھیں دیکھتا رہا پھر بولا، ' اچھا بنگالی بابو، اب اجازت دیجیے، مجھے ایک جگہ جانا ہے '
اور کرسی پیچھے کو کھسکائی۔

اندو کو اٹھتا دیکھ کر اب بنگالی بابو کو الجھن ہوئی۔ ابھی تو بات کا سلسلہ ٹھیک سے جم بھی نہیں پایا، اور یہ آدمی اٹھ کر چلا جا رہا ہے۔ کام کی بات ابھی ہوئی ہی نہیں، اور جیسے الفاظ مچھلی کے کانٹے کی طرح گلے میں پھنس رہے ہوں، بات ان کے منہ تک آ۔ آ کر رک جاتی تھی۔ اپنی لڑکیوں کا تذکرہ کرنے میں بھی ان کا مقصد یہی تھا کہ جو مچھلی کا کانٹا ان کے گلے میں پھنس رہا تھا، اسے پانی کے سہارے نیچے اتار دیں۔ اتنے میں ہی اندو کرسی سے اٹھ گیا۔ اس کی دیکھا دیکھی بنگالی بابو بھی کرسی سے اٹھ تو گئے، مگر اندو کی نگاہ بچاتے ہوئے دوسری ہی طرف دیکھتے کھڑے رہے۔ اندو سمجھ گیا کہ بنگالی بابو مجھ سے کچھ کہنا چاہتے ہیں جو کہہ نہیں پا رہے ہیں۔

اندو نے انھیں سہارا دینے کی غرض سے کہا، 'میرے لائق اور کوئی خدمت بنگالی بابو؟'

ڈوبتے کو تنکے کا سہارا ملا۔ کبھی کبھی بات کو بغیر گھمائے پھرائے، سیدھے سیدھے کہہ دینا ہی کل ملا کر آسان پڑتا ہے، کچھ یہی سوچ کر بنگالی بابو نے آس پاس دیکھ کر کچھ سہمے ہوئے آواز میں کہا، ' آپ ہم کو دس روپیا دینے سکے گا؟ ہم ایک سپتاہ کینوا پنیرو دن میں پھیروت دے دے گا، آج ہمارا بہت ضروری...'

اندو نے کچھ کہا نہیں، اندر سے دس روپے کا ایک نوٹ لاکر بنگالی بابو کے ہاتھ میں دے دیا اور نمستے کر کے فوراً اندر چلا گیا۔ اس کو اس خیال سے ہی گھٹن ہوتی تھی کہ یہ آدمی جو غرض کا مارا میرے پاس آیا ہے، اس دس روپے کو پاکر میرے سامنے کھیس نپور سے گا۔

لیکن اندر جاکر اِندو فوراً پھر باہر آیا۔ وہ چلتے چلتے بنگالی بابو سے یہ کہنا چاہتا تھا کہ وہ اپنی لڑکیوں کو اس بات کے لیے روک دیں کہ کھڑکی میں بہت نہ کھڑی رہا کریں کیوں کہ شہروں میں تو، پھر آپ جانتے ہی ہیں ....

اس کے باہر آنے جانے تک بینی مادھو بابو پھاٹک کے باہر ہو چکے تھے۔ اس نے انھیں پکارنا ٹھیک نہیں سمجھا۔ سوچا، پھر کبھی کہہ دوں گا۔

کئی دن بیت گئے۔ دونوں وقت کے ملنے کا وقت تھا۔ اندو کالج سے لوٹ رہا

تھا۔ آج اسے لائبریری میں بہت دیر لگ گئی تھی۔

اس کا گھر پکّی ، ڈامر کی سڑک سے کوئی ڈیڑھ سو گز اندر کو ہٹ کر ہے۔ جہاں ڈامر کی سڑک چھوڑ کر اوبڑ کھابڑ کچّے راستے میں داخل ہوتے ہیں، ٹھیک وہیں بینی مادھو بابو والا پہلا مکان ہے۔ پُتُل دروازے پر ہی کھڑی تھی۔ پُتُل نے اسے آواز دی، 'اندو بابو۔'

اِندو کچھ جھجکتے ہوئے اس کے پاس گیا۔ پُتُل نے دھیرے سے مسکرا کر کہا، 'اندو بابو' آپنی گکھنو آمادیر ایکھانے آسین نا!'

اندو نے اپنے مَن میں کہا، لگتا ہے بنگالی بابو نے میرا پورا تعارف اپنے گھر والوں سے کرا دیا ہے۔ یہ بات اسے اچھی بھی لگی۔

اندو نے کہا، 'جی موقعہ کی بات ہوتی ہے۔ ویسے میں آنے کی کئی دن سے سوچ رہا تھا،' اور مسکرا دیا۔

اندو کی مسکراہٹ سے پُتُل کے دل کو ایک دھکّا سا لگا۔ بولی، 'آسون!'

اندو نے کہا، 'ابھی نہیں۔ گھر پر لوگ راہ دیکھ رہے ہوں گے۔ ہو سکا تو ایک ڈیڑھ گھنٹے بعد آؤں گا۔'

پُتُل نے اسی انداز میں کہا، 'آسبین، لیکن' اور پھر مسکرائی۔

اندو وہاں سے چلا تو اس کے پیر ہلکے پڑ رہے تھے۔

گھر میں داخل ہوتے ہی ایک چھوٹا سا سائبان تھا، جو بالکل اندھیرا پڑا تھا۔ اس میں ایک ٹوٹی کرسی ایک کنارے پڑی تھی۔ وہاں بینی مادھو بابو کو نہ پا کر اندو کو اور آگے بڑھنے میں جھجک معلوم ہوئی۔ سائبان کے بعد ہی ایک بہت ہی سیلن سے بھرا آنگن تھا، جس میں ایک اندھی سی لالٹین ایک طرف کو رکھی ہوئی تھی، جس سے لال لال روشنی نکل رہی تھی۔ لوہے کا ایک جنگلا ہی آنگن کی چھت تھی۔ ایک الگنی پر تین چار کپڑے سوکھ رہے تھے، ایک سرخ کنارے کی ساڑی، دو پیٹی کوٹ، دو تین بریزیر۔ اِندو کی ہمت اور آگے بڑھنے کی نہیں ہوئی۔ اس نے آنگن میں پیر رکھتے ہی آواز دی، 'بنگالی بابو ہیں؟'

مادھوی پیچھے ہی تھی۔ اندو کی آواز سُن کر بولی، 'آسیئے، اندو بابو!'

اندو نے پوچھا ' بیبی مادھو بابو نہیں ہیں ؟'

مادھوی نے کہا، 'کہیں گیا ہے۔ ابھی لوٹ آئے گا۔ اپنے اوپر سے چلون،' اور ٹِنتل کو آواز دی، 'ٹِنتل، تو مار اِندر بابو ایسیچین۔'

آنگن کی بات چیت سُن کر ٹِنتل خود ہی نیچے آ رہی تھی۔ بولی، 'چلیے اندو بابو،' اندو نے مسکراہٹ سے اس کا جواب دیا۔ پھر کہا، 'اچھا میں پھر کسی روز آؤں گا،' اور چلنے کو ہوا۔ لیکن ٹِنتل نے آگے بڑھ کر اس کا ہاتھ پکڑ لیا اور اسے اپنی طرف کھینچتے ہوئے بولی، 'آپ اوپر چلیے نا اندو بابو، بابا آتا ہوگا۔'

اندو کے پاؤں اب بھی آگے نہیں بڑھے۔ ٹِنتل نے روٹھنے کے انداز میں ہونٹ نکالتے ہوئے کہا، 'آپ اتنے ڈرتا کیوں ہے اندو بابو! آپ تو پوروش مانُش ہائے .... آر ہم ... تو لیڑکی۔ آپ کیوں ڈرتا ؟'..... اور ایک طرح سے کھینچتے ہوئے اوپر لے چلی۔ بائیں بغل سے ہی زینہ تھا، تنگ سا۔ اوپر جاکر اندو نے دیکھا کہ آس پاس دو کوٹھریاں ہیں۔ دونوں میں ایک ایک کھاٹ پڑی ہوئی ہے اور دونوں میں ایک ایک ڈھبری جل رہی ہے۔ ٹِنتل نے کوٹھری میں داخل ہوتے ہی چٹ پٹ بستر کی چادر کی شکن دور کی اور اندو کی طرف تاکتے ہوئے کہا، 'آئیے نا اندو بابو۔ ہیاں ڈرنے کی کوئی بات نہیں ہے۔ آپ یہاں بیٹھیے، بابا ابھی آئے گا۔ تھوڑا انتظار کرنا ہوگا۔'

اندو کا مَن بار بار ہو رہا تھا کہ اتر کر بھاگ جائے، لیکن پاؤں جیسے بندھ سے گئے تھے۔ جاکر ٹِنتل کے بستر پر بیٹھ گیا۔ اس کا دل زوروں سے دھڑک رہا تھا۔ ٹِنتل نے ڈھبری اسٹول پر سے ہٹا کر رکھ دی اور اسٹول وہیں پاس ہی کھینچ کر بیٹھ گئی۔ ایک ڈیڑھ منٹ تک مکمل خاموشی چھائی رہی۔ پھر اُسے توڑا ٹِنتل نے، 'اندو بابو، آپ بہت بڑے ہیں۔' اور مسکرائی۔ اندو کا دل اور زور سے دھڑکنے لگا۔ اس نے کوئی جواب نہیں دیا۔ اور ویسے ہی سکڑا سمٹا بیٹھا رہا اور پھر چند لمحوں کے لیے خاموشی چھا گئی۔

'آپ کا بیاہ ہوا ہے اندو بابو؟'

اس بے تکے سوال کا سلسلہ اس کی سمجھ میں نہیں آیا، لیکن اس کا جواب آسان

تھا، شاید اسی خیال سے اس نے کہا، ' نہیں ! '

پُتُل نے اس کے جواب میں کہا، ' چ ... چ چ ... ' اور مسکرائی۔

اِندو نے اپنے مَن میں کہا، ' ذرا دیکھو تو کیسے کر رہی ہے۔ مجھے بالکل مٹی کا تودا سمجھ لیا ہے اس نے کیا۔ کیسی عجیب لڑکی ہے ! '

اور ایک بار بہت زور سے اس کا جی ہوا کہ اس لڑکی کو، جو ابھی اتنی جوان ہے اور صرف اسے ستانے کے لیے اس کی بغل میں بیٹھ کر اس طرح مسکرا رہی ہے، اٹھا کر اسی بستر پر پٹک دے اور ..... اور اسے کسی جگہ پر ایسا کاٹ لے کہ خون نکل آئے۔ مگر اس نے ضبط کر لیا۔ اب تک سارے حالات کچھ کچھ اس کی گرفت میں آنے لگے تھے اور ایک عجب نفرت اس کے دل میں بھر رہی تھی۔

اسی طرح کوئی دس منٹ گزر گئے۔ تب تک بغل کی کوٹھری میں سے کسی مرد کی آواز کی بھنک اس کے کان میں پڑی۔ اس نے پُتُل سے کہا، ' دیکھیے، یلینی مادھو بابو شاید آ گئے۔ '

پُتُل نے اس بار ایک مختلف قسم کی ہنسی کے ساتھ کہا، ' نہیں اندو بابو، وہ تو مادھوی کا ... دوست ہے ــــــ نلِن ! '

اچانک اندو بستر سے اُٹھ کھڑا ہوا۔ پُتُل بھی اٹھ کھڑی ہوئی۔ اس کے چہرے پر نہ جانے کیسی گھبراہٹ لکھی ہوئی تھی۔

' جائیں گے ؟ ..... چلے جائیے گا ؟ ابھی سے کیوں ! آپ بابا کو دس ٹاکا دیا تھا ! نہیں ... نہیں ... نہیں ... ' پُتُل نے مان کرنے کے انداز میں کہا اور اپنے جلتے ہوئے ہونٹ اندو کے ہونٹوں پر رکھ دیئے۔

یہ سب ایسے بجلی کی طرح ہوا کہ اندو ایک دم بوکھلا گیا، مگر تو بھی اسے لگا کہ جیسے کسی نے اس کے ہونٹوں پر انگارے رکھ دیے ہوں، غصّے سے اس کی آنکھیں سرخ ہو گئیں اور نتھنے پھڑکنے لگے۔ اس نے جھٹکا دے کر پُتُل کو الگ کیا اور مضبوط ہاتھوں سے اس کے کندھوں کو پکڑ کر پوری طاقت سے انھیں جھنجھوڑتے ہوئے بھاری کرخت آواز میں چیخ کر اس نے کہا، ' ہاں دیئے تھے ... دیئے تھے ..... اسی کے لیے دیئے تھے ... تم اُسے چکتا کرو گی .... تم اُسے چکتا کرو گی .... تم اسے چکتا کرو گی

....' کہتے ہوئے اس نے زور سے دھکا دیا اور پُشّل جاکر سیدھی کھاٹ کی پاٹی پر گری۔ اندو نے ڈھبری لے کر زمین پر پٹک دی اور کوٹھری کے کواڑوں کو جھٹ سے بند کرتا ہوا تیزی سے کمرے سے باہر ہوگیا۔

جھٹ سے دروازے کا بند ہونا سُن کر مادھوی اپنی کوٹھری سے نکل کر آئی۔ اندو چلا جارہا تھا اور پُشّل کھاٹ کی پاٹی سے لگی سسک رہی تھی۔ اس کے جسم کو بھی کچھ چوٹ لگی تھی لیکن اس سے کہیں زیادہ اور اصل چوٹ لگی تھی اس کے من کو اور وہ چوٹ صرف اتنی نہیں تھی کہ اندو نے اس کی بے عزتی کی ہے۔

مادھوی نے پُشّل کا ہاتھ پکڑ کر اٹھانے کی کوشش کرتے ہوئے اپنی بھاشا میں کہا، 'پاگل ہوگئی ہے پُشّل؟ وہ چلا گیا، جانور، اجڈ، گنوار!'

'پُشّل کو مادھوی کے ہمدردی کے یہ الفاظ زہر جیسے لگے۔ اس نے آنکھیں اٹھا کر ایک منٹ، بغیر پلکیں جھپکائے دیکھا اور تحکمانہ انداز میں کہا،' دیدی، تم یہاں سے چلی جاؤ.....'

مادھوی نے پُشّل کی روتی ہوئی مگر سخت آنکھیں دیکھیں اور ذرا دیر کو ٹھٹھک گئی۔ پھر کہا، 'کیسا عجب پاگل پن ہے....' اور اندو کے لیے ایک بڑے نفرت انگیز لفظ کا استعمال کیا گیا۔

پُشّل کی آنکھوں میں سان پر چڑھی ہوئی کٹار کی سی ایک چمک آئی اور اس نے ناگن کی طرح پھنکار کر کہا،' دیدی، تم اسی وقت باہر چلی جاؤ۔'

'مادھوی، ذرا اس بچپن کو تو دیکھو، ہوں،' بڑبڑاتی ہوئی باہر نکل گئی اور پُشّل ویسے ہی پٹی پکڑے روتی رہی۔

کئی دن گزر گئے۔ مادھوی پُشّل کو پورے وقت اداس اور پریشان دیکھ کر بہت پریشان رہتی تھی۔ بات یہ تھی کہ مادھوی سے بھی زیادہ پُشّل کے ہی سہارے اس مکان کی اینٹیں ٹکی ہوئی تھیں اور اب وہی پُشّل آنے جانے والوں کی طرف سے اداس ہو رہی تھی۔ مادھوی کو یہ بات بُری لگتی تھی اور اس نے ایک دو بار پُشّل کو سمجھانے کی بھی کوشش کی، لیکن پُشّل کو تو جیسے مادھوی کی شکل سے چڑھ ہوگئی تھی۔ ہر بار

جب مادھوی اس سے کچھ کہنے کی کوشش کرتی، تب دونوں میں اچھی خاصی جنگ ہو جاتی۔ یہاں تک کہ ایک روز مادھوی نے بڑے حقارت آمیز ڈھنگ سے کہا، 'ہاں، ہاں، بہت دیکھے ہیں میں نے تمھارے اندو بابو جیسے، ایک دیکھو، نپنک، بڑا گیان دینے والا ہے.... ڈھونگی!'

اس کے جواب میں پُشپل نے ایسی بھیانک آنکھوں سے مادھوی کو دیکھا کہ وہ ایک بار ڈر گئی۔ پُشپل نے دانت پیس کر کہا، 'چپ مادھوی!'

مادھوی کو پُشپل کی آواز سانپ کے پھنکار جیسی لگی۔

مادھوی کا دل بھی کوئی کڑوی، زہریلے کانٹے کی طرح چبھونے والی بات کہنے کے لیے تلملا رہا تھا۔ اس نے بڑے سادے انداز میں، لیکن اپنی بات میں زہر بھر کر کہا، ''اچھا، تو اب آپ ستی ساوتری بنیں گی اور وہ آپ کے ستیوان؟ ... اوہ اُلی — وہ ضرور ضرور اور بُرا بھی کیا ہے!' اور ہی ہی کر ہنسنے لگی۔ اس ہنسی سے پُشپل کے رونگٹے کھڑے ہو گئے اور وہ رو پڑی۔ مادھوی نے ایک دم زخم پر تیر مارا تھا۔ پُشپل روتی ہوئی بھاگ کر اپنی کوٹھری میں گئی اور اسے اندر سے بند کر کے اپنے بستر پر اوندھے منہ گر پڑی، اور ویسے ہی پڑی پڑی نہ جانے کب تک اس میلی چادر کو بھگوتی رہی۔ مادھوی نے مکاری سے جس 'الی' لفظ کا استعمال اندو بابو کے لیے کیا تھا، وہی 'الی' بے شمار جگنوؤں کی طرح اس کے مَن کے آکاش میں اُڑ رہا تھا، جل رہا تھا اور بجھ رہا تھا اور مَن کو اچھا لگ رہا تھا، لیکن اس سے روشنی بالکل نہیں ہو رہی تھی، اتنی بھی نہیں جتنی طاق میں رکھے اس شیشی والی ڈھبری سے، جسے اندو نے پٹک کر چھوڑ دیا تھا اور جسے سویرا ہوتے ہی مادھوی نے پھر منگا کر رکھ دیا تھا۔ نا امیدی کی اس کالی گھٹا میں جب جگنو چمکتے تھے، تو جوہی کے پھولوں کی طرح خوب صورت دکھائی پڑتے تھے، لیکن پھر اندھیرا اور بھی گھنا ہو جاتا تھا۔ پُشپل نے اٹھ کر ڈھبری کو بھی بجھا دیا اور پھر پڑی رہی۔ وہ جتنا ہی اس کے بارے میں سوچتی تھی، اتنی ہی اسے اپنی زندگی ایک دَل دَل کی مانند نظر آتی تھی۔ سنہ سینتالیس کے بڑے قحط کے بعد اس کے ماں باپ دونوں نہیں رہے تھے اور رشتے کے ان ماما نے آگے آ کر اس کی سرپرستی قبول کی تھی، تبھی سے وہ دَل دَل شروع ہوا

تھا اور اس ڈھائی سال میں مسلسل گہرا ہی ہوتا گیا تھا اور اب ؟ اب کیا ؟ ..... اب کچھ نہیں ہو سکتا ... اور انجانے میں ہی ایک سرد آہ اس کے منہ سے نکل گئی۔ ' میرے زور لگانے سے کیا ہوگا ؟ ... میں زور لگا بھی سکوں گی .... کہاں ہے میرے پاس زور ؟ .... نہیں، نہیں کچھ نہیں ہے۔ یہ گھر ہی بھوتوں والا ہے، خون چوس لیتا ہے۔ میرا اب کچھ نہیں ہو سکتا، مجھ میں اب کچھ نہیں رہا۔ مجھے اب کوئی اس کنوئیں سے نہیں نکال سکتا ....' یہ خیال آتے ہی اسے اندو پر بے حد غصہ آیا جس نے اس کے اندر یہ زہر کا بیج بو کر اس کے مَن کی شانتی بھی چھین لی تھی۔ اس کے آنے کے پہلے، زندگی جیسی بھی تھی، بغیر کسی بکھیڑے کے چل تو رہی تھی۔ اب نہ تو اسے اپنے چھٹکارے کا ہی راستہ دکھائی دیتا تھا اور نہ وہ مادھوی کی طرح اس حادثے کو اپنے اوپر سے ویسے جھاڑ ہی پاتی تھی کہ جیسے بطخ اپنے پنکھوں پر سے پانی کو جھاڑ دیتے ہیں۔ دو روز اس نے حالات سے عدم تعاون کیا، لیکن پھر گھر کے ماحول نے، گھر کی اصلی، کنواں کھود اور پانی پی والی حالت نے، خود اس کی ڈھائی سال کی زندگی کے روزمرہ نے، جو کہ خون کا حصہ بن جاتا ہے، اس کے اوپر جیت پائی اور وہ پھر دھیرے دھیرے اپنی پرانی زندگی میں لوٹ آئی۔ اس کے اندر کچھ کڑیاں ٹوٹی ضرور تھیں لیکن نتیجے کے طور پر فوری ان کا کچھ خاص اثر نہیں تھا۔ پُشپا کے من پر یہ چیز سانپ کی طرح کنڈلی مار کر بیٹھ گئی تھی کہ وہ دَل دَل میں پھنس چکی ہے اور اب اس سے باہر آنے کے لیے جتنا بھی ہاتھ پیر مارے گی اتنا ہی اور اس کے اندر سما جائے گی ظاہرہ وہ مادھوی سے پورے پیچ و تاب سے لڑ رہی تھی لیکن اصل میں وہ اندر ہی اندر اس کے آگے ہتھیار ڈالتی جا رہی تھی۔

پُشپا کے پاس سے لوٹ کر اس رات اِندو کو بھی کافی دیر تک نیند نہیں آئی۔ رہ رہ کر اس کے پیٹ میں، کہ سینے میں، کہ سر میں درد معلوم ہو رہا تھا، ایک عجیب قسم کی تکلیف تھی، جس میں غصہ اور پچھتاوا دونوں ملا جلا تھا۔ اس وقت اسے بے پناہ غصہ آ گیا تھا سہی، لیکن اب تو بخار اتر گیا تھا اور اب یہ خیال ستا رہا تھا کہ مجھے اس لڑکی کے ساتھ ایسا بے رحم نہیں ہونا چاہیے تھا۔ تمھیں کیا معلوم کہ

کون آدمی کس مجبوری کا شکار ہے، بڑے پارسا بننے چلے ہو۔ سب کو اچھا کھانے کو ملے اور اچھی طرح رہنے کو ملے اور من موافق کپڑے پہننے کو ملیں تو سب ایسے ہی پارسا ہو سکتے ہیں ..... مگر اس کے بعد بھی جسم بیچنا اس کے نزدیک ایک ایسا گندہ کام تھا کہ اس کے لیے وہ پُتلی کو، یا مادھوی کو، یا بنگالی بابو کو معاف نہیں کر سکتا تھا۔ اور بڑی کوشش کرنے پر بھی وہ کوئی دو بجے تک نہیں سو پایا۔ اس کے من نے جو ایک مورتی ابھی گڑھنی شروع ہی کی تھی کہ اسے حقیقت سے پہلے ہی بے درد ہتھوڑے نے توڑ کر زمین پر اس کے پاؤں کے پاس ڈال دیا تھا۔ ایک ہلکی سی گدگدی جو تھی، اُسے کسی نے چاقو مار دیا تھا۔ ایک کلی جو صرف کلی تھی اس میں ابھی مہک نہ تھی اسے کسی نے چٹکی میں لے کر مسل دیا تھا۔ اندو کو رہ رہ کر لگتا کہ اسے سانس لینے میں تکلیف ہو رہی ہے۔

اس دن سے اندو نے ادھر سے نکلنا ہی چھوڑ دیا۔ اس نے اب اپنا ایک دوسرا راستہ بنا لیا تھا، جو کچھ لمبا ضرور پڑتا تھا لیکن اندو کو پسند تھا، اگر اور کسی وجہ سے نہیں تو صرف اس لیے کہ اس راستے پر بنگالی بابو کا گھر نہیں پڑتا تھا اور اس بات کا ڈر نہیں تھا کہ پُتلی سامنے پڑ جائے گی یا پکار لے گی یا بینی مادھو بابو، بھجکتے ہوئے، سامنے آکر کھڑے ہو جائیں گے اور بڑی سادگی سے بول پڑیں گے، 'بِتنے دن آپ آیا تھا، ہم باڑی میں نہیں تھا'۔

دھیرے دھیرے اس رات والے حادثے کو مہینہ بھر سے اوپر ہو گیا اور اس درمیان اندو کے دل کا زخم بھی اب ویسا ہرا نہ رہا اور احساسِ ندامت تو بالکل مٹ گیا۔ ان لوگوں کے لیے اندو کے من میں اب صرف رحم تھی لیکن پھر بھی ان کے سامنے جانے کی ہمت اس کے اندر نہ تھی۔

رات کے آٹھ بجے ہوں گے۔ وہ اپنے کمرے میں بیٹھا پڑھ رہا تھا۔ کسی نے دروازے پر ہلکے سے، جیسے ڈرتے ڈرتے دستک دی۔ اندو نے دروازہ کھولا —— پُتلی سامنے کھڑی تھی۔ پُتلی! اندو ٹھٹھک گیا۔ وہ پُتلی کی نگاہوں سے اپنے آپ کو ایسے بچا رہا تھا جیسے کوئی اپنے کسی زخم کو رگڑ لگنے سے بچائے۔

پُشپَل نے مسکرا کر کہا، 'نمسکار اندو بابو!'

اندو نے اس کے نمسکار کا جواب دیتے ہوئے دیکھا کہ آج پُشپَل کی مسکراہٹ میں ایک نیا سا، کچھ سہما سا، احساس ہے۔ مکاری کی تو بات ہی الگ ہے، اس میں چالاکی بھی نہیں ہے۔

پُشپَل نے کہا، 'اندو بابو، میں آپ سے معافی مانگنے آئی ہوں!'

اندو نے کہا، 'معافی؟ ... مجھ سے؟ ... کس بات کی؟'

پُشپَل نے کچھ کانپتی ہوئی آواز میں کہا، 'نہیں اندو بابو، ایسا نہ کہیے۔ میں نے خوب سوچا ہے، آپ نے ٹھیک کیا تھا۔'

اندو نے کہا، 'اس بات کو مت چھیڑو۔ میں خود ....'

پُشپَل نے بات کاٹتے ہوئے کہا، 'کیسے نہیں اندو بابو! میں کیسے بھول جاؤں!'

پھر تین چار منٹ تک کوئی کچھ نہیں بولا۔ تب پُشپَل نے ہی یہ خاموشی توڑی، 'آپ مجھے ایک بھیک دیں گے، اندو بابو؟'

اندو کی سمجھ میں کچھ نہیں آیا۔ وہ ایک طرف کو نگاہیں پھیرے چپ چاپ بیٹھا رہا۔ اپنی جگہ پر اسے ڈر بھی لگ رہا تھا کہ گھر والے اگر کہیں دیکھ لیں گے تو کیا کہیں گے۔ تبھی اس کے کان میں پُشپَل کے الفاظ پڑے، 'آپ میری ہاشی کو بچا لیجیے۔ میری ہاشی کو بچا لیجیے اندو بابو، آپ ہی اسے بچا سکتے ہیں؟ وہ ابھی بچی ہے۔ ابھی اس پر پاپ کی چھایا نہیں پڑی ہے، اسے اس دوزخ سے نکال لیجیے اندو بابو...' پُشپَل ایسے جلدی جلدی بول رہی تھی کہ جیسے کوئی بیچ میں ہی اس کا گلا گھونٹ دے گا۔

بات ختم کرتے کرتے پُشپَل کی آنکھوں سے جھر جھر جھر جھر آنسو بہنے لگے۔

اندو کا من بھی غمگین ہو گیا اور ایک بار بڑے زور سے اس کا جی ہوا کہ آگے بڑھ کر پُشپَل کو اپنی بانہوں میں لے کر اس کے خوشبودار بالوں میں ہاتھ پھیرے اور پچکار کر کہے — چُپ چُپ، روتے نہیں پگلی؟ لوگ دیکھیں گے تو کیا کہیں گے؟ ... لو، یہ پانی لو، میرے ہاتھ سے، اور منہ دھو ڈالو۔ گھبراؤ مت، سب ٹھیک ہو جائے گا۔ ہاشی جیسے تیری بہن ویسے میری بہن۔

یہ سارے الفاظ اس کے اندر بنے اور وہ پُشپَل کی طرف ایک قدم بڑھا بھی، مگر

رُک گیا۔ جھاڑیاں، چٹائیں، سنسکار .... اندو کا منہ نہ کھلا۔

اس وقت مُیتل کا رواں رواں سہارا مانگ رہا تھا۔ مگر ہائے وہ سہارا نہ آیا، نہ آیا، نہ آیا۔ ان دو چار پلوں میں جنتری نے نہ جانے کتنی صدیاں الٹ ڈالیں اور بالآخر مُیتل روتے روتے ہی دروازے کی طرف مڑی اور بجھتے ہوئے دیپک کی طرح بھبھک کر بولی، ' جانے دیجیے اندو بابو! بھول جائیے کہ میں کبھی آئی تھی '

اندو سر جھکائے کھڑا رہا اور مُیتل جس اندھیرے میں آئی تھی، پھر اسی میں لوٹ گئی

گری راج کشور

پیپرویٹ

بھیڑوں کے ریوڑ کے پیچھے گڈریے کو لاٹھی لیے چلتے دیکھ کر مرنال بابو کو ہنسی آرہی تھی۔ گڈریا ان کو اکٹھا کرنے کے لیے منہ سے عجیب عجیب بولیاں نکال رہا تھا۔ کبھی اپنی لاٹھی کو زمین پر دے مارتا تھا، بھیڑ بس بے چاری ڈر کے مارے ایک دوسرے سے سٹ جاتی تھیں۔

جمادار (چپراسی) نے آکر بتایا، 'حضور، صاحب دفتر آگئے ہیں'، حالاں کہ وہ شونا تھ بابو سے ہی ملنے آئے تھے، لیکن اس اطلاع نے انھیں پل بھر کے لیے ڈگمگا دیا۔ فوراً ہی دھیان آگیا،' جمادار، ان کے چہرے کے بدلتے رنگوں کو برابر دیکھ رہا ہے۔ وہ شونا تھ بابو کے کمرے کی طرف تیزی سے بڑھ گئے۔ کمرے کے باہر 'لوکنگ گلاس' لگا ہوا تھا۔ ایک نظر ادھر ڈالنے پر انھیں معلوم ہوا کہ وہ خواہ مخواہ پریشان تھے کہ ان کے چہرے پر گھبراہٹ ہے۔ دھیرے سے پردہ ہٹا کر پائدان پر پاؤں رگڑے، اور کھانستے ہوئے اندر چلے گئے۔

شونا تھ بابو فائلیں دیکھنے میں مصروف تھے۔ ان کے کام میں خلل نہ ڈالنے کے خیال سے ہاتھ جوڑ کر چپ چاپ کرسی پر بیٹھ گئے۔ بیٹھنے کے دو چار پل بعد ہی انھیں خیال آیا، آرام سے نہ بیٹھ کر اٹھنگے بیٹھے ہیں۔ اس طرح کا بیٹھنا گھبراہٹ کی نشانی ہے۔ مرنال بابو نے پیٹھ کرسی کے تکیے سے لگالی اور پاؤں پھیلا دیئے۔

ان کے پاؤں آفس ٹیبل کے نیچے رکھے لکڑی کے کھوکھلے پائدان سے ٹکرا گئے۔ چہرہ ایک دم اتر گیا اور نظریں شوناتھ بابو کے چہرے کی طرف چلی گئیں۔ شوناتھ بابو پر پائدان سے پاؤں ٹکرانے کی اس آواز کا کوئی اثر نہیں ہوا تھا۔ وہ بدستور اپنی فائلیں دیکھ رہے تھے۔ مرنال بابو ان کے کام کرنے کے ڈھنگ کو غور سے دیکھنے کی اداکاری کرنے لگے، جیسے کچھ سیکھنے کی کوشش کر رہے ہوں۔

شوناتھ بابو فائل اٹھاتے، لال فیتہ کھولتے، پھر فلیگ، لگے مقام پر سے الٹ کر پڑھنے لگتے تھے۔ بیچ بیچ میں پیچھے کے صفحات بھی پلٹنے کی ضرورت پڑ جاتی تھی۔ پڑھتے وقت ان کے ہونٹ بھی مصروف نظر آتے تھے۔ پھر یا تو اس پر کوئی نوٹ لکھ کر یا سوالیہ نشان بنا کر فائل نیچے ڈال دیتے تھے۔ بہت ہی کم ایسی فائلیں تھیں جن پر انھوں نے اسی روپ میں دستخط کیے ہوں۔ اس عمل کو دیکھتے رہنے کی وجہ سے مرنال بابو کو اوب آنے لگی۔ اس لیے اِدھر اُدھر تاک جھانک کرنے لگے۔ چاروں طرف سے بند کمرہ، جلتا ہوا لیمپ اور لیمپ کی روشنی کا فائلوں پر پڑتا دائرہ... کسی فلسفی کی اقامت گاہ سا محسوس ہوا۔ باقی کمرے میں اس روشنی کا صرف احساس تھا۔ بیٹھے بیٹھے مرنال بابو کے ایک پٹھ میں درد محسوس ہونے لگا ہے، دوسرا پُٹھہ بدل لیا۔

شوناتھ بابو نے فائلوں پر سے جب گردن اٹھائی تو مرنال بابو سکپکا سے گئے۔ شاید ان کا خیال تھا شوناتھ بابو گردن اٹھانے سے قبل کوئی تو احساس دیں گے۔ زبردستی انھیں اپنے ہونٹوں پر مسکان لانی پڑی، ان کے سوکھے ہونٹ بوسیدہ ربڑ کی طرح کھنچ گئے۔ شوناتھ بابو نے مونچھوں کے پیچھے چھپی فطری مسکان کے ساتھ پوچھا، 'کہیے ڈپارٹمنٹ کا کام ٹھیک چل رہا ہے؟'

مرنال بابو وہی سب بتانے کے لیے آئے تھے۔ دراصل شوناتھ بابو کے بدیش سے لوٹنے کے بعد سے انھوں نے کئی بار ان سے ملنے کی کوشش کی تھی، لیکن بے حد مصروفیت کی وجہ سے وقت نہیں دے پائے تھے۔ بدیش جاتے وقت شوناتھ بابو انھیں منتری کے عہدے کا حلف دلوا کر گئے تھے۔ اس وقت ان سے یہ بھی کہا تھا، 'میں چاہتا ہوں آپ اپنی اسی تیزی اور عقل مندی کا یہاں بھی ثبوت دیں،

آپ کی زیادہ تیزی کی وجہ سے ہی تو شانتی شرن کو استعفٰے دینا پڑا تھا۔ میں سمجھتا ہوں ... آپ ان حالات کو بغور سمجھ سکیں گے!' پھر دھیرے سے مسکرا کر مزید کہا، 'میں اس بارے میں باخبر ہوں ... آپ جیسے محنتی اور ایماندار شخص کم ہی ہیں ...' وہ ہوائی جہاز میں بیٹھ گئے تھے۔ تقریباً سبھی لوگ ہوائی جہاز کے اڑنے تک کھڑے دیکھتے رہے۔ شو ناتھ بابو کے چلے جانے کے کئی دن بعد تک انھیں لگتا رہا، باپ جیسے بچے کو اسکول میں بھرتی کرا کے چلا گیا ہے۔

مرنال بابو نے ان کی اس بات کی گرہ باندھ لی اور اس بات کی پوری کوشش کی تھی کہ شو ناتھ بابو کے لوٹ کر آنے تک ڈپارٹمنٹ کو پوری طرح بدل ڈالیں۔ ہر فائل کو وہ خود دیکھتے تھے۔ کوئی بھی فائل پندرہ دن سے زیادہ نہ رُکے، اس بات کے لیے دفتر کو سخت ہدایت تھی۔

شو ناتھ بابو کے بدیش سے لوٹنے کے بعد انھوں نے اس بات کو محسوس کیا کیبنیٹ کی میٹنگ میں انھوں نے سارے منتریوں کے کاموں کی کسی نہ کسی طرح تعریف کی ہے۔ مرنال بابو کے ڈپارٹمنٹ کے بارے میں انھوں نے ایک لفظ نہیں کہا تھا۔ ڈپارٹمنٹ کے کام میں بھی ایک عجیب طرح کی تبدیلی آ رہی تھی۔ جو بھی فائل ڈپارٹمنٹ سے مانگی جاتی تھی، پتہ چلتا تھا مکھیہ منتری کے پاس ہے۔ سکریٹری کو پوچھتے تھے، وہ بھی مکھیہ منتری کے یہاں گیا ہوا ہوتا تھا۔ مرنال بابو کے دل میں یہ بیٹھ گیا تھا، سکریٹری کی بدمعاشی ہے۔ مکھیہ منتری کو بات کرنی ہوگی، تو ڈپارٹمنٹ کے منتری کو بلا کر بات کریں گے۔ وہ یہ بھی سن چکے تھے کہ وہ شخص مکھیہ منتری کا منہ لگا ہے۔

شو ناتھ بابو نے گردن اٹھا کر کال بیل بجاتے ہوئے ان کی طرف مخاطب ہو کر کہا، 'آپ نے کچھ بتایا نہیں ... کیا بات تھی؟' گھنٹی سن کر وہی جمادار آگیا۔ اس نے ایک نظر مرنال پر بھی ڈالی۔ شو ناتھ بابو نے مرنال بابو کی طرف اشارہ کرتے ہوئے جمادار سے کہا، 'ذرا، آپ کے سکریٹری ... مسٹر رائے سے ٹیلیفون ملاؤ ... ہم بات کریں گے!'

ان کے بیٹھے ہوئے، محکمے کے سکریٹری کو بلانا انھیں اچھا نہیں لگا۔ لیکن چپ رہے۔ شو ناتھ بابو کے اپنی طرف آنکھوں کا اشارہ کر کے 'ہوں' کرنے پر مرنال بابو

نے پوچھا، 'مسٹر رائے سے ... کوئی محکمے کا کام ہے؟' شوناتھ بابو کچھ اس طرح اپنی فائلیں دیکھتے رہے، جیسے انھوں نے سنا ہی نہ ہو۔ پل بھر کے لیے مرنال بابو کا چہرہ کھسیانا سا ہو گیا۔ کچھ دیر کے بعد پھر ہمت کر کے بولے، 'ادھر میں نے اپنے محکمے میں ... یعنی محکمے کو کافی سمجھنے کی کوشش کی ہے ... کئی اسکیمیں میرے دماغ میں ہیں ...'

'ان کا جملہ ختم ہونے کے بعد شوناتھ بابو نے بڑی سی 'ہوں' کی۔ مرنال بابو سمجھ نہیں پائے یہ 'ہوں' اُن کی بات پر کی گئی ہے یا فائل دیکھ کر منہ سے نکل گئی۔ فائل باندھتے ہوئے وہ مسکرائے اور بولے، 'اچھا'

'اچھا' سن کر مرنال بابو ذرا حوصلہ مند ہوئے، کہنے لگے، 'مسٹر رائے بالکل تعاون نہیں کر رہے۔ کوئی بھی فائل میرے سامنے نہیں آتی۔ مانگنے پر یہی جواب ملتا ہے، مکھیہ منتری کے یہاں گئی ہوئی ہے۔ بھلا آپ فائلیں منگا کر کیا کریں گے ؟ آخر آپ نے ہی تو مجھے منتری بنایا ہے ... آپ کا وفادار ہوں۔ لیکن مسٹر رائے ... آپ تو جانتے ہی ہیں، بڑے چلتے ہوئے شخص ہیں ...' پھر رُک کر جھجکتے ہوئے کہا، 'مسٹر رائے سمجھتے ہیں، مجھے یہ سب آپ سے کہتے ہوئے ڈر لگے گا ... نیا نیا آدمی ہوں ...'

شوناتھ بابو کو پھر فائلوں میں مصروف دیکھ کر مرنال بابو کو اپنے لیے زیادتی سی ہوتی محسوس ہوئی۔ جب جمادار نے آکر بتایا کہ رائے صاحب کوٹھی پر نہیں ہیں ... مندر گئے ہیں، شوناتھ بابو بنا کچھ کہے کرسی پر سے اٹھ کھڑے ہوئے۔ مرنال بابو کی طرف ہاتھ جوڑ کر بولے، 'اچھا ...'

مرنال بابو کو لگا کہ انھیں کوٹھی سے دھکے دے کر نکلوا دیا گیا ہے۔ تیزی کے ساتھ کمرے سے باہر نکل آئے۔ باہر نکلتے ہی ان کی نظر جمادار پر گئی۔ وہ بڑے نفاست کے ساتھ ڈرائیور کو کچھ بتا رہا تھا۔ اس کے چہرے پر کچھ اس طرح کی ہنسی تھی، جیسے کسی کی نقل اتار کر مزہ لے رہا ہو۔ اس کا اس طرح کرنا مرنال بابو کو اچھا نہیں لگا۔ کار میں بیٹھنے پر ڈرائیور سے پوچھا، 'جمادار کیا کہہ رہا تھا؟'

ڈرائیور اس سوال کے لیے تیار نہیں تھا۔ وہ گھبرا سا گیا، اور اس کے منہ

سے نکلا، 'جی، کچھ نہیں۔'

'کچھ کیسے نہیں؟' مرنال بابو نے ذرا سخت آواز سے اسی کا جملہ دُہرایا۔

ڈرائیور نے یہ کہہ کر جان بچانی چاہی، 'کچھ آپس کی ہی باتیں تھیں۔' مرنال بابو کو اس سے اطمینان نہیں ہوا، ذرا کھل کر پوچھا، 'ہمارے بارے میں کچھ کہہ رہا تھا؟'

ڈرائیور نے ان کی طرف دیکھنے کے لیے ذرا سی گردن گھمائی، وہ پچھلی سیٹ پر بائیں کونے میں تھے۔ سامنے اوپر کا شیشہ بھی دوسرے زاویے پر تھا۔ ڈرائیور کو سامنے کی طرف ہی دیکھتے ہوئے کہنا پڑا، 'حضور، اور تو کچھ نہیں... بس یہی پوچھ رہا تھا... مکھیہ منتری جی تمھارے صاحب سے کیوں ناراض ہیں... ابھی ابھی تو تمھارے صاحب منتری بنے ہیں۔'

مرنال کو بڑے زور سے غصّہ آیا۔ انھوں نے کہنا چاہا، 'شوناتھ بابو مجھ سے کیا ناراض ہوگا... میں ہی اس سے ناراض ہوں...' انھوں نے کہا نہیں۔ صرف آنکھیں بند کر کے پیچھے کی طرف لڑھک گئے۔ آنکھیں بند کر لینے پر بھی ان کے دل کا غصّہ کم نہیں ہوا، ناک کے نتھنے پھول گئے اور یہ سوچنے کی کوشش کرنے لگے، گھر جاکر استعفیٰ دے دیں گے۔ منتری بننے سے قبل شوناتھ بابو کا جو ان کے ساتھ اخلاق تھا اب ایک دم اس سے مختلف ہے۔ انھیں اچانک احساس ہوا، وہ آپ ہی آپ کچھ بول رہے ہیں۔ سیدھے بیٹھ گئے اور ڈرائیور کی طرف دیکھنے لگے، اس نے دیکھ تو نہیں لیا۔ لیکن جب ان کی نگاہ سامنے والے شیشے پر پڑی، تو شیشے کا زاویہ بدلا ہوا تھا۔ سارے حالات انھیں ایسے لگے جیسے قیدی بنا دیے گئے ہوں۔

آج کے حالات پہلے سے ایک دم مختلف ہو گئے تھے۔ جب شوناتھ بابو انھیں منتری کے عہدے کے لیے مدعو کرنے گئے تھے، تو کتنے خوشگوار، مخلص نظر آرہے تھے۔ مرنال بابو کو ان کا وہ ڈائیلاگ لفظ بہ لفظ یاد آیا، اس وقت ان سے کہا گیا تھا، 'میں جانتا ہوں آپ صاف گو اور ایماندار ہیں... پارٹی وہپ کے ہوتے ہوئے بھی آپ نے میری سرکار کی مخالفت کی۔ شانتی شرن کو آپ کی ہی وجہ سے استعفیٰ دینا پڑ گیا...' یہ کہتے ہوئے وہ معمولی سا ہنس دیے تھے۔ پھر سنجیدہ ہوکر کہا تھا، 'اگر میں چاہتا تو آپ کو پارٹی اور ہاؤس سے نکلوا سکتا تھا۔ لیکن میں جانتا

ہوں، اپنے ایم ایل اے میں آپ جیسی سوجھ بوجھ والا شخص کوئی بھی نہیں ...، حلف نامے والے دن بھی گورنر سے تعارف کراتے وقت انھوں نے ان کی بہت ہی تعریف کی تھی۔ حلف نامے والے دن راج بھون تک لے جانے کے لیے پائلٹ کے ساتھ اپنی گاڑی بھیجی تھی۔ مرنال بابو سوچنے لگے، اس وقت ان کے چہرے پر بچّے جیسی معصومیت اور پاکیزگی تھی، لیکن آج کا چہرہ ...

ڈرائیور نے اتنی زور سے بریک لگایا کہ مرنال بابو کو لگا —— ایکسیڈنٹ ہو گیا ہے۔ کوئی بکری کا بچہ کار کے نیچے سے بچ گیا تھا۔ مرنال بابو کو بکری کے بچّے پر رحم آیا۔

ان کی کار پورٹیکو میں جا کر رُکی، برامدے میں بہت سے لوگ جمع تھے۔ ان کا دل ہوا کار سے اتر کر واپس لوٹ چلا جائے۔ وہ لوگ پہلے روز بھی مل چکے تھے۔ مرنال بابو نے انھیں اگلے دن جواب دینے کا وعدہ کیا تھا۔ ان کا خیال تھا کہ وہ سرکار کو ان لوگوں کی شرط ماننے کے لیے راضی کر لیں گے۔ ایک انڈسٹریل ٹاؤن کا مسئلہ تھا۔ سرکار جن جھونپڑیوں کو لینا چاہتی تھی، ان میں رہنے والے معاوضے میں فیکٹری کی پکّی نوکری اور رہنے کے لیے انڈسٹریل بستی میں کم کرائے پر گھر مانگتے تھے۔ سرکار کو اس بات پر اعتراض تھا۔ صرف معاوضہ دے کر پیچھا چھڑا لینا چاہتی تھی۔ یہی مسئلہ شانتی شرن کے زمانے میں اٹھا تھا، آج بھی اسی روپ میں موجود تھا۔ اسی معاملے پر بات چیت کرنے کے لیے وہ مُکھیہ منتری کے پاس گئے بھی تھے۔ لوگوں کے چلے جانے پر انھوں نے سکریٹری کو فون کیا تھا کہ اس معاملے کی فائل لے کر چلے آئیں۔ سکریٹری نے یہ کہہ کر پیچھا چھڑا لیا تھا، فائل مُکھیہ منتری کے پاس ہے۔ مرنال بابو کو جواب سُن کر اتنے زور کا غصہ آگیا تھا کہ سکریٹری کو فون پر ہی ڈانٹنے لگے تھے۔ کوئی بھی فائل بنا ان کی مرضی کے مُکھیہ منتری کے پاس نہ بھیجی جائے ان کی اس بات کا جواب دینا سکریٹری نے مناسب نہیں سمجھا تھا۔

لیکن مُکھیہ منتری کے اخلاق سے مرنال بابو کافی پریشان تھے۔ انڈسٹریل بستی کے بارے میں بات نہ کر پانے سے وہ خود کو ایک عجیب حالت میں پھنسا محسوس

کر رہے تھے۔ انھوں نے یہی فیصلہ کیا کہ ان لوگوں کو مُکھیہ منتری کے پاس بھیج دینا مناسب ہوگا۔ بغیر شونا تھ بابو کے صلاح کیے کسی بات کا یقین دہانی کرنے کا مطلب یہی تھا کہ وہ خود کو بھی شانتی شرن والی الجھن میں ڈال لیں۔

مرنال بابو نے جب ان لوگوں کو مُکھیہ منتری سے ملنے کا مشورہ دیا تو ان میں سے ایک مخالف پارٹی کے ایم ایل اے اور ڈیلیگیشن کے نیتا بگڑ اٹھے، 'آپ بھی شانتی شرن جیسی ہی باتیں کر رہے ہیں۔ آخر محکمہ آپ کے پاس ہے یا مُکھیہ منتری کے۔ مُکھیہ منتری کہتے ہیں، آپ لوگ شانتی شرن کو تو بے ایمان اور کم عقل سمجھتے تھے اب تو میں نے ودھان سبھا کے سب سے ایمان دار اور آپ لوگوں کے وفادار کو اسی محکمے کا منتری بنا دیا۔ اب بھی آپ میرے پاس ہی دوڑتے ہیں...' مرنال بابو خاموش سے کھڑے رہ گئے۔ ان کو لگا دروازہ کھولتے ہوئے کواڑ کی چول نکل گئی ہے۔ دل میں آیا، صاف کہہ دیں، میں تو نام کا منسٹر ہوں... لیکن سب کے سامنے اپنے منہ سے یہ قبول کرنا انھیں بے عزتی سی لگی۔ اس لیے یہی جواب دینا مناسب سمجھا 'اچھا آپ مطمئن رہیں... اگر میں کچھ بھی کر سکوں گا تو ضرور کروں گا...' نمسکار کر کے اندر چلے گئے۔

مرنال بابو کو ایسا محسوس ہو رہا تھا کہ انھیں کسی خاص طور سے تیار کیے گئے صورتِ حال میں فِٹ کر دیا گیا ہے۔ ایک بار پھر استعفیٰ دینے کی بات دماغ میں آئی لیکن...' یہ لیکن انھیں پہاڑ کی اونچائی جیسا لگا۔ وہ سارے حالات کا تصور کر گئے جو استعفیٰ دینے سے پیدا ہو سکتے ہیں۔ اگر شونا تھ بابو نے ان کے لیے کسی بھی خاص صورت حال کی تعمیر کی ہے تو بھی استعفیٰ دینا انھیں کے حق میں ہوگا۔ لوگ کہیں گے ودھان بھون میں تو بڑا شور مچاتا تھا... کام کرنے کا وقت آیا، تو دُم کاٹ کر لانڈا شیر بن گیا۔ اس بات کی تشہیر اس طرح بھی کی جا سکتی ہے..... 'استعفیٰ مانگا گیا ہے'۔

انھوں نے میز پر رکھے پیپر ویٹ کو اٹھا لیا اور زور سے گھمانے لگے۔ اپنی انگلیوں کے ذرا سے 'ٹویسٹ' پر پیپر ویٹ کا گھومتے رہنا دیکھ کر وہ سمجھ نہیں سکے کہ اس عمل کو کیا نام دیا جائے۔

ٹیلیفون ایکس ٹنشن مدھومکھی کی طرح بھن بھنانے لگا۔ انھیں اپنے پی۔اے پر غصہ آیا، کیوں نہیں اس نے منع کر دیا۔ مجھے اطلاع کرنے کی کیا ضرورت تھی؟ جب دیکھیے ٫ بجر٫ دبا دیتا ہے۔ لوگ سمجھتے ہیں ٫ منسٹر ہوں ... میری سفارش سے نہ جانے کیا سے کیا ہو سکتا ہے۔٫ ان کا من ہوا وہ ریسیور اٹھا کر بغیر سنے ہی رکھ دیں لیکن چپراسی نے آکر بتایا، ٫سرکار، پی۔اے صاحب نے کہلوایا ہے، مکھیہ منتری جی بات کرنا چاہتے ہیں ...٫ ریسیور اٹھانا مرنال بابو کو منوں وزنی چیز اٹھانے کی طرح لگا۔ ادھر سے شونا تھ بابو خود بول رہے تھے۔ انھوں نے دو ہی جملے کہے، ٫ ذرا چلے آیئے ... ضروری باتیں کرنی ہیں۔٫ ریسیور رکھ دیا۔ آواز بہ نسبت نرم تھی۔

مرنال بابو نے غصے سے دہرایا، ٫ضروری کام ہے ...٫

کمرے سے باہر آئے۔ سامنے پی اے والے کمرے میں ڈرائیور، چپراسی، شیڈو سب جمع تھے، قہقہے لگا کر باتیں کر رہے تھے۔ مرنال بابو غصے سے کانپ اٹھے، سیدھے پی۔اے کے کمرے میں پہنچ کر پی۔اے پر بگڑنے لگے، ٫آپ کو شرم نہیں آتی ـــــ ان لوگوں کے ساتھ بیٹھ کر ہنسی مذاق کرتے ہیں۔ اپنی پوزیشن کا خیال رکھنا چاہیے۔٫ پی۔اے صاحب پر ڈانٹ پڑتی دیکھ سارے لوگ دوسرے دروازے سے نکل کر اپنی اپنی جگہ مستعدی سے کھڑے ہو گئے۔ ڈرائیور کار پونچھنے لگا، شیڈو بینچ پر جا بیٹھا، چپراسی اندر چلا گیا۔

کار چلاتے ہوئے ڈرائیور کو برابر لگ رہا تھا کہ اب مرنال بابو کی ڈانٹ پڑی۔ ڈرائیور کے برابر میں بیٹھا شیڈو بھی تھوڑا دہشت زدہ تھا۔ لیکن مرنال بابو کا من شونا تھ بابو کے کچھ دیر پہلے والے اخلاق کو لے کر رنجیدہ تھا۔ وہ سوچ رہے تھے، اگر شونا تھ بابو اس وقت ٹھیک موڈ میں ہوں گے تو ضرور اس بات کو کہیں گے۔

مکھیہ منتری کی کوٹھی پر پہنچ کر وہ برامدے میں ہی ٹھٹھک گئے۔ پی۔اے فوراً دوڑا ہوا آیا اور بڑی عزت کے ساتھ ڈرائنگ روم میں لے گیا۔ پل بھر کو مرنال بابو نے اس خاطر تواضع کا اور صبح آدھا گھنٹہ تک لان میں ٹہلنے والی صورت کا موازنہ کیا۔ لیکن سامنے ہی دیوان پر شونا تھ بابو بائیں کہنی گاؤ تکیے سے ٹکائے ترچھے بیٹھے ہوئے

تھے۔ بایاں گھٹنا پٹ لیٹا ہوا تھا اور داہنا گھٹنا نوّے ڈگری کے زاویے پر کھڑا تھا۔ انھوں نے کھلی سی مسکان کے ساتھ کہا، 'آیئے۔' دائیں ہاتھ سے صوفے کی طرف اشارہ کر دیا۔ مرنال بابو خاموش بیٹھ گئے۔

'آپ نے ابھی بھوجن تو نہیں کیا ہوگا؟' شونا تھ بابو نے مسکراتے ہوئے محبّت سے پوچھا۔

'جی نہیں، لوٹ کر ہی کروں گا۔'

'آج میرے ساتھ ہی بھوجن کیجیے... جب سے بدیش سے لوٹا ہوں، پل بھر کی فرصت نہیں ملی۔ صبح بھی آپ سے بات نہیں کر پایا۔ بعد میں مجھے بہت بُرا لگا۔ دراصل ایک فائل دیکھ کر میرا دماغ اتنا خراب ہو گیا کہ... آپ بُرا نہ مانیں۔ کبھی کبھی ذہنی تناؤ کی الجھن میں بڑی عجیب عجیب حرکتیں کر بیٹھتا ہوں۔' آخری جملے پر انھوں نے زیادہ زور دیا اور مسکرائے بھی۔

مرنال بابو کو اس وقت ان کے ساتھ کھانا کھانا مناسب نہیں لگا۔ بہانہ بنا دیا۔ 'میں نے کچھ لوگوں کو گھر پر بلایا ہے...'

شونا تھ بابو نے اور بھی آسان ہو کر کہا، 'ٹھیک ہے، آپ کی دعوت ہم پر 'ڈیو' رہی۔' اس وقت ان کے چہرے پر ٹھیک ویسا ہی انداز آ گیا تھا جیسا اس وقت تھا، جب وہ منتری کے عہدے کے لیے مدعو کرنے ان کے فلیٹ پر ہی گئے تھے۔

'ہاں، شاید آپ رائے کے بارے میں کچھ کہہ رہے تھے... صبح۔ میں اُسے خوب جانتا ہوں...' شونا تھ بابو زور سے ہنس دیے۔

'آپ نے ایک کہانی سُنی ہے —— ایک چالاک بھیڑیا ندی کے کنارے بیٹھا اپنی ڈینگ مار رہا تھا —— میں نے خربوزے کا پورا کھیت کھا ڈالا۔ مگرمچھ کو یہ بات نہایت بے ایمانی کی لگی۔ جب بھیڑیا پانی پینے کے لیے جھکا تو مگرمچھ نے جھٹ بھیڑیے کا منہ پکڑ لیا اور بولا، 'خربوزے کا کھیت، اکیلا کھا گیا!'

بھیڑیا زور سے ہنس دیا اور بولا، 'نکل بے خربوزے کے کھیت، پیچھے کے راستے سے۔ مگرمچھ پیچھے کی طرف لپکا تو بھیڑیا غائب تھا!'

شوناتھ بابو کے ذریعہ سنائی گئی اس کہانی پر مرنال بابو کو ہنسی آگئی، لیکن شوناتھ بابو سنجیدہ ہوکر بولے، 'آپ نئے نئے آدمی ہیں، دھیرے دھیرے سمجھنے کی کوشش کیجیے ... آپ اِن افسروں کے داستے نہیں جانتے ...'

اپنے لیے نئے نئے صفت کا استعمال انھیں پسند نہیں آیا۔ دبی آواز میں بولے، 'دیا لو جی، آخر میرا نیا پن کب تک بنا رہے گا۔ آپ کے افسر بھی مجھے نوسیکھیا ہی سمجھتے ہیں،' کہہ کر مرنال بابو کو لگا انھوں نے اپنی بساط سے زیادہ بات کہہ دی ہے۔ اس لیے مسکرا کر بات کو ہلکا کرنے کی کوشش کی۔

شوناتھ بابو کے چہرے پر صبح والی سختی پھر واضح ہوگئی۔

'مرنال بابو، آپ کو میں سیاست داں مان بیٹھا تھا۔ لیکن آپ تو جذباتی بچّہ نکلے۔ مٹھائی پاکر ہنس دیتے ہیں۔ ذرا سی چاٹ کھا کر رونے لگتے ہیں۔ سیاست داں لوہے کی طرح ہوتا ہے ... لوہا جب تک ٹھنڈا رہتا ہے چوٹ کرنے کی حالت میں رہتا ہے ...'

شوناتھ بابو کچھ اور بھی کہتے، لیکن مسٹر رائے کے اچانک اندر چلے آنے کی وجہ سے خاموش ہوگئے۔ مرنال بابو کو اپنے آپ کو اس تناؤ کی حالت سے واپس لانے میں کچھ وقت لگا لیکن وہ سوچنے لگے۔ 'منتری ہوکر بھی مجھے شوناتھ بابو سے ملنے کے لیے اجازت لینی پڑتی ہے۔ مسٹر رائے سکریٹری ہوکر بھی، اپنے منتری کے بیٹھے ہوئے، بے ہچک چلے آتے ہیں۔'

شوناتھ بابو مسٹر رائے کو ڈانٹتے ہوئے بولے، 'مسٹر رائے، میں حکم کی تعمیل کو زیادہ اہمیت دیتا ہوں۔ میرے ذریعہ تقرر کیا گیا سبھا سکریٹری بھی مکھیہ منتری ہے۔ جنتا کا ہر نمائندہ سرکار کا اہم حصّہ ہے۔ جو شکایتیں میں نے سنی ہیں، مستقبل میں انھیں دُہرایا جانا مجھے پسند نہیں ہوگا۔ حکومت کے معاملے میں بھی کسی طرح کی مداخلت میرے لیے ناقابلِ قبول ہے۔'

آخری جملہ کہتے وقت مرنال بابو کی طرف دیکھ لیا تھا۔ کچھ رُک کر پھر کہا، 'عوام کے حقوق کی ذمہ داری مکھیہ منتری پر ہے —— وہ اپنے حقوق کو ہی، منتریوں، سکریٹریوں یعنی پوری سرکار کے حصّہ میں ضرورت کے مطابق بانٹتا ہے۔ لیکن کسی کی بھی ذرا سی چوک

کی جواب دہی مکھیہ منتری کی ہوتی ہے...'

شوناتھ بابو بولتے بولتے رُک گئے۔ مرنال بابو اور مسٹر رائے پر باری باری سے نظر ڈالی۔ دونوں نظروں میں فرق ضرور تھا، لیکن مرنال بابو کو لگا جیسے مسٹر رائے پر پڑنے والی ڈانٹ میں ان کا بھی برابر کا حصّہ ہے۔ فرق اتنا ہی تھا کہ مسٹر رائے گردن جھکا کر کھڑے تھے اور مرنال بابو ان کے برابر والے صوفے پر بیٹھے تھے۔

شوناتھ بابو نے مسٹر رائے سے اسی ٹون میں پوچھا، 'آپ فائل لائے؟'

مسٹر رائے نے اپنی بغل سے فائل نکال کر ان کی طرف احترام سے بڑھادی۔ ہاتھ میں لیتے ہوئے بغیر اس کی طرف دیکھے مکھیہ منتری نے کہا، 'اب آپ جا سکتے ہیں' لیکن میری بات کا دھیان رکھیے۔'

مرنال بابو نے دیکھا، مسٹر رائے ڈرائنگ روم کے دروازے سے نکلتے ہوئے ہلکا سا مسکرائے ہیں۔ ان کے باہر چلے جانے پر شوناتھ بابو نے وہی فائل مرنال بابو کی طرف بڑھادی اور کہا، 'کل آپ کو ہی ودھان سبھا میں جواب دینا ہے۔' ان کے کہنے کا انداز تحکمانہ بھی تھا۔

مرنال بابو گردن نیچی کر کے فائل کو الٹ پلٹ کر دیکھنے لگے۔ انھیں لگ رہا تھا کہ شوناتھ بابو ان کے چہرے پر ہونے والے ہر ردِعمل کو نوٹ کر رہے ہیں۔ لیکن جب شوناتھ بابو بولے، 'ویسے تو گھر بھی جا کر اس فائل کو دیکھا جاسکتا ہے۔ لیکن آپ میرے سامنے ہی دیکھ لیں۔ میں ابھی باہر جارہا ہوں۔ کل صبح سیدھا ودھان سبھا پہنچوں گا—— آپ جذباتی اور آدرشوادی شخص ہیں۔ کبھی بعد میں فائل دیکھ کر آپ کو لگے، آپ کے آدرش ٹوٹ رہے ہیں—— یہ سب میں پسند نہیں کروں گا۔'

مرنال بابو کو لگا کہ دوسرے الفاظ میں ان سے بھی یہ کہا جارہا ہے—— 'میں حکم کی تعمیل کو زیادہ اہمیت دیتا ہوں...'

شوناتھ بابو اُٹھ گئے، اندر جاتے ہوئے پوچھا، 'آپ سمجھ گئے؟'

مرنال بابو کو نمسکار کرنے کا موقع بھی نہیں مل سکا۔

مرنال بابو نے کار میں بیٹھتے ہوئے سوچا—— 'تناؤ کی حالت میں شوناتھ بابو

عجیب عجیب حرکتیں کر بیٹھتے ہیں ...'

گھر جاکر جب انھوں نے فائل کھولی، وہی انڈسٹریل بستی والا مسئلہ تھا۔ لفظوں میں تھوڑی سی تبدیلی کے ساتھ وہی جواب لکھا تھا جو شانتی شرن جی نے ودھان بھون میں دیا تھا۔

مرنال بابو کو لگا، ودھان سبھا کا ہر ممبر وہی جملہ دُہرا رہا ہے جو انھوں نے شانتی شرن کے لیے کہا تھا، 'ہڈی نچوڑنے والے کتے ہمیں نہیں چاہیئں'

شو ناتھ بابو مسکراتے ہوئے کہہ رہے ہیں، 'شانتی شرن تو کم عقل اور بے ایمان تھے -- اب تو ودھان سبھا کا سب سے ایماندار اور آپ کا وفادار منسٹر بھی وہی بات کہہ رہا ہے ...'

شانی

دوزخی

میں دبے پاؤں داخل ہوا۔ باہر کا گیٹ میں نے دھیرے سے کھولا —— ایسے کہ آواز نہ ہو۔ گھر کے سامنے والا دروازہ بھڑا ہوا تھا —— ہمیشہ کی طرح۔ میں نے اُسے بھی دھیرے سے دھکیلا تھا۔ اصل میں میں جمیل کے سامنے بالکل اچانک آنا چاہتا تھا —— دل کے دورہ کی طرح۔

یہ بھوپال جیسے شہر کی دوپہر تھی —— ڈھلتی ہوئی۔ دن میں اتنا سونا پن اور سستی تھی کہ اکثر لوگ سو رہے تھے۔ میں جانتا تھا کہ یہ جمیل کے گھر پر ملنے کا وقت تھا۔ شہر اور اس کے اپنے مزاج کے لحاظ سے ہی نہیں، اس کے کام کے اعتبار سے بھی۔ اس کا کالج صبح شام لگتا تھا اور ساری دوپہر خالی رہتی تھی۔

جمیل دیوان پر لیٹا ہوا تھا، دیوار کی طرف منہ کیے۔ آہٹ سے چونک کر جب اس نے دیکھا تو ایک آدھ پل بس دیکھتا ہی رہ گیا۔ حیران! پھر 'ارے' کہتا ہوا ہڑبڑا کر اٹھا اور ہم دونوں لپٹ گئے۔ اس کی گرفت زبردست تھی۔ باہیں اس کی لمبی اور مضبوط تھیں اور ہتھیلیاں جیسے میری پیٹھ میں دھنس جانا چاہتی تھیں، گوشت پوست کو چھیدتی ہوئی۔ پہلی بار لگا کہ ہاتھ کی انگلیاں بھی بولتی ہیں۔

'کب آیا؟' کئی پل بعد اس نے گردن ہٹا کر پوچھا، تقریباً روندھی ہوئی آواز میں۔ اس کا چہرہ اب بھی میرے اتنے پاس تھا کہ دونوں ایک دوسرے کو دیکھ نہیں

پا رہے تھے۔

' صبح ! ' میں نے کہا ' دکن ایکسپریس سے۔'

الگ ہوئے۔ بیٹھے۔

' میں آج ہی یاد کر رہا تھا، ' وہ بولا اور گاؤ تکیے سے ٹک کر میری طرف دیکھنے لگا۔ وہ ایسی بھرپور نظر تھی، جس میں آپ سمو لینا چاہتے ہیں، سب کچھ۔ تبھی بغل والے کمرے کا پردہ ہٹا کر بیوی کنیز آئی، ہنستی ہوئی۔ سلام کیا۔ پاس بیٹھی۔ بولی۔ پوچھا۔ خوش ہوئی۔

' باجی کیسی ہیں ؟ ' میں نے کنیز سے کہا ' ان سے میرا سلام ...'

' نماز پڑھ رہی ہیں، ' وہ اندر دیکھتی ہوئی بولی، ' اور تمھارے لیے کیا لاؤں ؟ پہلے کھانا کھالو ...!

' اِس وقت ؟ ' میں ہنسنے لگا، ہمیشہ کی طرح۔ میں جانتا تھا کہ آخر وہ کھانا لائے گی اور میں کھاؤں گا۔ وہ اٹھ کر اندر چلی گئی۔

' اب باجی کی طبیعت کیسی رہتی ہے ؟ ' میں نے جمیل سے پوچھا۔

باجی کا تخت باہر سے ہی دِکھتا ہے اور گھر میں داخل ہوتے ہوئے میں نے دیکھ لیا تھا کہ وہ نماز پڑھ رہی ہیں۔ سوال جیسے پریشان کن تھا۔ جمیل سگریٹ کا پیکٹ ٹٹولنے لگا۔ ملا تو ایک جلایا اور میری طرف دیکھ کر سر ہلا دیا، یعنی بس ٹھیک ہے۔ اور پھیکے پن سے مسکرایا۔ باجی، بھائی جان یعنی ماں باپ۔ باجی کئی مہینوں سے بیمار چل رہی تھیں۔ گھر پر ہوئے نئے حادثے سے بھی پہلے۔ شاید تبھی سے جب ایک دن بھائی جان اچانک نہیں رہے تھے۔ رات وہ ٹھیک ٹھاک سوئے تھے، لیکن صبح نہیں اٹھے، بس۔

' کون ہے اتن ؟ ' اندر سے باجی کی آواز آئی۔ وہ شاید مصلّے سے اٹھ رہی تھیں۔ اتن یعنی جمیل۔ جمیل نے میرا نام بتایا۔ کہا کہ میں دہلی سے آیا ہوں، سلام کر رہا ہوں۔ انھوں نے وہیں سے دعائیں دیں، بہت تھکی ہوئی آواز میں۔ پھر کچھ بڑبڑاتی سی رہیں۔ کیا، یہ میری سمجھ میں نہیں آیا۔ سوچا کہ دروازے تک جا کر انھیں دیکھ لوں، لیکن ہمت نہیں پڑی۔ ان کا سامنا کرنا میرے بس کی بات نہیں تھی۔

'اور؟' تھوڑی دیر بعد جمیل نے مجھے واپس لاتے ہوئے کہا، کہیں اور لے جانے کے لیے۔

'تیری دلّی کیسی ہے؟'

'میری!'

جمیل مسکرایا۔

'دلّی ایک دوزخ ہے،' میں پہلے اکثر کہا کرتا تھا۔ چار سال پہلے جب میں اس شہر سے نکالا گیا تھا تو میرے مَن میں بہت تلخی تھی۔ یہ دیش نکالا پچھلی سرکار کی عنایت تھی اور میرے لیے یہ بھولنا مشکل تھا کہ میں دہلی آیا نہیں، پھینکا گیا ہوں۔ اب وہ بات نہیں رہی، لیکن نہ تو میں دہلی کا ہوسکتا ہوں اور نہ دہلی میری، جمیل یہ جانتا تھا۔

'چل، میرٹھ کی مارکاٹ ہی صحیح —— کیا حال ہے؟'

'وہاں فساد کی تاریخ بہت پرانی ہے، سنہ سینتالیس سے بھی پرانی۔ نیا میں کیا بتاؤں۔ وہی کہہ سکتا ہوں جو اخباروں میں ہے۔ ہاں، سُنا ہے کہ مراد آباد اور علی گڑھ میں بہت تناؤ ہے۔'

'تجھے اخباروں پر بھروسہ ہوتا ہے؟'

میں چپ ہوگیا۔

'جو لوگ دہانے پر بیٹھے ہیں، وہ جانتے ہیں!' اس نے کہا۔

'کہاں ہے دہانہ؟'

'دلّی دہانہ نہیں ہے —— ملک کا، میرٹھ کا، جمشید پور یا بھاگلپور کا... ؟'

میں کمرے کی دیواروں کو دیکھنے لگا، جن میں مختلف طرح کی پینٹنگس لٹکی ہوئی تھیں، کنیز کی بنائی ہوئی۔ ان میں حسین اور ہیبیار کا ملا جلا تاثر صاف تھا۔ ظاہر ہے کہ میں بچنا چاہتا تھا۔ شاید ہم دونوں بچنا چاہتے تھے، اس سے جس کے چھڑ جانے کا ڈر، ہم دونوں کو ہی تھا۔

'تیری پرانی شکل لوٹ آئی ہے،' جمیل نے بات پلٹتے ہوئے کہا، 'پچھلی بیماری میں جانے وہ کہاں چلی گئی تھی۔'

'یہ ہارٹ اٹیک کی دین ہے،' میں نے کہا اور فخر سے ہنسنے لگا، ایسے جیسے

ئیں کوئی قلعہ جیت آیا ہوں۔

'اب تو تُو بالکل ٹھیک ہے نا؟' اس نے پوچھا۔

'بالکل کا تو پتہ نہیں۔ ہاں ٹھیک ضرور ہوں۔ اتنا ہی ٹھیک، جتنا دل کے مریض رہتے ہیں'

اور یہ کہنے کے ساتھ ہی مجھے لگا کہ میری آواز میں خود رحمی آگئی ہے۔ میں نے پرانے تکبر میں لوٹتے ہوئے کہا، 'اصل میں، اب میں نے پروا کرنا چھوڑ دیا ہے۔ جب آنا ہے آجائے گی۔ تب نہ ڈاکٹروں کے چلتے رکے گی اور نہ میرے روکے'

'بہت دنوں تک یہاں کسی کو پتہ نہیں تھا،' جمیل نے کہا، 'افواہ کی طرح خبر آئی تھی کچھ الٹی سیدھی۔ ہم لوگوں نے گھبرا کر دلّی فون کیا تھا، لیکن تمھارے وہاں کے دوستوں نے کہا کہ ویسی کوئی بات نہیں ہے۔ ہسپتال میں ضرور ہے 'انٹنسو کیر یونٹ' میں بھی ہے، لیکن ہارٹ وارٹ کا معاملہ نہیں ہے۔ وہ تو دلّی سے تجھے دیکھ کر لوٹے پنکنج نے بتایا کہ سب کچھ کتنا سیریس تھا.... یہ ہوا کیسے؟'

'اسی طرح، جیسے یہ ہوتا ہے — اچانک؟'

'گھر پر... ؟'

'نہیں، دفتر میں'

'کیسے؟'

'میں باتیں کر رہا تھا، ایک ملنے والے سے۔ یکایک مجھے بے چینی سی ہوئی سینے میں جکڑن اور درد کے بگولے اٹھ آئے تھے اور میں پسینے سے شرابور ہو گیا۔ میری آواز بالکل مدھم ہو گئی تھی، دل ڈوبنے لگا تھا۔ میں اٹھنا چاہتا تھا لیکن مجھ میں دم نہیں تھا۔ میں بیٹھے رہنا چاہتا تھا، لیکن اتنی بے چینی اور گھبراہٹ کہ... تھوڑی ہی دیر میں ئیں فرش پر لیٹا چھٹپٹا رہا تھا...'

کہتے کہتے میں رُک گیا کیوں کہ جمیل کے چہرے پر ایک دہشت میں صاف دیکھ رہا تھا جو میں چاہتا تھا۔ مجھے خوشی تھی کہ میرے جس زخم کو یہاں معمولی ڈھنگ سے لیا گیا تھا، میں اس کا حساب برابر کر رہا تھا۔ دلّی میں اپنے دوستوں کے رویّے پر غصہ آرہا تھا سو، الگ۔ یہ ٹھیک ہے کہ ایک مصلحت کے تحت میری بیماری کی سنجیدگی کو

چھپایا گیا تھا، لیکن اس مصلحت نے مجھے اس سب سے محروم کر رکھا تھا، جو میں چاہتا تھا۔ تقریباً ایک سال کے بعد میں اس شہر میں داخل ہوا تھا، ایک ایسے آدمی کی طرح جو نایاب ہوتے ہوتے اچانک رہ گیا تھا۔

'تمھیں یاد ہے، میں نے تعزیت کا خط تمھیں کب لکھا تھا؟ وہ سات اپریل کا دن تھا، اور کوئی گھنٹے بھر پہلے میں نے تمھیں لکھا تھا؟ تب میں نے سوچا بھی نہیں تھا کہ تھوڑی ہی دیر بعد میں بھی اس راستے پر پہنچ جاؤں گا جہاں سے حسین کبھی نہیں آیا۔'

تبھی اندر سے کنیز نکل آئی اور میرے سامنے کباب روٹیوں کی رقابی رکھتی ہوئی بولی 'لو، کھاؤ۔' پھر ایک اسٹول کھینچ کر سامنے ہی بیٹھ گئی۔ پہلا ہی لقمہ توڑتے ہوئے مجھے لگا کہ حسین کا نام مجھے نہیں لینا چاہیے تھا۔ شاید میں چاہتا بھی نہیں تھا، لیکن بات کی رَو تھی۔ لیکن کیوں نہیں؟ کیا میں پُرسے کے لیے نہیں آیا تھا؟ پُرسہ وہ بھی حسین کا؟ یہ وہ آدمی تھا جو ابھی کل تک اسی شہر میں دوسروں کے پُرسے کے لیے جایا کرتا تھا اور نہیں جانتا تھا کہ اُسے کیا کہنا چاہیے۔ وہ چپ چاپ بیٹھ جایا کرتا تھا—سُونی آنکھوں سے ایک طرف دیکھتا ہوا۔

خبر مجھے یہ بھی دفتر سے ملی تھی، دلّی میں جمیل نے نہیں دی تھی۔ اس شہر سے بھی نہیں گئی تھی، برہانپور سے سعید محمود نے لکھا تھا۔

'تمھیں یہ جان کر بہت صدمہ ہوگا،' اس نے خط میں کہا تھا کہ ہم دونوں کا عزیز دوست حسین احمد صدیقی کا نائجیریا میں انتقال ہوگیا۔ اس کا ہارٹ فیل ہوگیا تھا۔ نسرین بھابھی اس کی میت لے کر بھوپال آئی تھیں اور اُسے دفنا کر میں کل لوٹا ہوں۔ ہم لوگوں کا جو ہونا تھا، ہوا، لیکن سوچو کہ تین چھوٹے چھوٹے بچّوں کے ساتھ رہ گئی ایک جوان عورت کے ساتھ جو ناانصافی ہوئی ہے، کیا اس کی کوئی تلافی ہوسکتی ہے؟'

کافی دیر تک میں خط لیے بیٹھا رہ گیا تھا۔ میں نے اُسے کوئی تین بار پڑھا تھا اور حسین کے نام پر پانچ بار نظر ڈالی تھی۔ میں یقین کرنا چاہتا تھا، لیکن ہو نہیں رہا تھا اور جب ہوا تو اس پل کے ہزاروں میں راحت اور چھٹکارے کی سانس تھی۔

پھر میں نے دُکھ کو دھیرے دھیرے سمیٹ کر اپنے اندر جمع کیا تھا اور ایک دم دُکھی ہوگیا تھا۔

'یہ بھی کوئی بات ہوئی؟' میں اس کے بعد ہر آنے والے کو بتا کر کہہ رہا تھا، 'کیا یہ اس کے جانے کی عمر تھی اور وہ بھی دل کے دورے سے۔ وہ تو مجھ سے بھی دو سال چھوٹا تھا۔ وہ خدا سے خوف کھانے والا اور پرہیزگار آدمی تھا اور سگریٹ تک نہیں پیتا تھا۔

یہ سب کہتے ہوئے یا تو میں ڈرا ہوا تھا یا شاید اپنے ڈر کو دور کر رہا تھا۔ حالاں کہ دفتر سے گھر لوٹنے تک بھی اس سے پیچھا نہیں چھوٹا تھا۔ وہ کہیں اتنے اندر پہنچ کر بیٹھ گیا تھا کہ اس نے اچانک مجھے چپ کر دیا۔ خبر یہ گھر کے لیے بھی بڑی تھی، لیکن میں نے اس دن بیوی سے بھی نہیں کہا —— اس ڈر سے کہ گھر پر بھی دیر رات تک وہی ذکر ہوتا رہے گا اور رات کو حسین کا چہرہ مجھے سونے نہیں دے گا۔ اس رات میں سو تو گیا، لیکن حسین نے تنگ برابر کیا۔ اس کا چہرہ چاروں طرف سے آکر مجھ پر حملہ کرتا تھا اور خواب میں ساری رات اس کی میّت دکھائی دی —— کئی دن پرانی میّت۔ یہ اُس دن ہی نہیں، اس کے اگلے دن بھی ہوا تھا اور اس کے بھی اگلے دن، حالاں کہ میں کسی سے کچھ بھی نہیں کہہ رہا تھا۔ تعزیت کا خط بھی تین دنوں تک ٹالنے کے بعد میں نے جمیل کو لکھا تھا اور میں بھی حسین کی طرح نہیں جانتا تھا کہ پُرسے میں کیا کہنا چاہیے...

بات عجیب سہی، لیکن سچ تو یہ ہے کہ حسین میرا دوست نہیں رہ گیا تھا، خاص کر ادھر کے برسوں میں —— جب وہ نا بچیریا چلا گیا تھا یا شاید اس سے بھی پہلے جب میں دھیرے دھیرے اس کے چھوٹے بھائی جمیل کا دوست ہوگیا تھا۔

پندرہ برس پہلے جب میں بھوپال آیا تھا تو دوستی اسی سے ہوئی تھی۔ دونوں بھوپال میں باہر سے آئے ہوئے تھے اور وہاں ہمارا کوئی گھر نہیں تھا۔ حسین میں ایک خاص طرح کی مردانہ جاذبیت تھی —— سیدھے اپنی طرف کھینچ لینے والی۔ وہ لمبا اور چھریرا تھا اور ہلکے ہلکے گنجا ہو رہا تھا۔ پہلے ہی دن میں نے دیکھ لیا تھا کہ وہ ایک بہین احساسوں والا ایسا غصیل اور حملہ آور شخص ہے جو اپنے آپ پر بھی

ہنس سکتا تھا۔ وہ اتنے چھوٹے چھوٹے اور خوب صورت مبالغے کرتا تھا کہ کوئی بھی ہنستا ہنستا اس کا ہو جاتا تھا۔ تب ہم لوگ پرانے بھوپال کے امیر گنج گلی میں رہتے تھے اور جوان تھے۔ حسین ایک پرائیویٹ کالج میں سائنس پڑھاتا تھا اور میں ایک دفتر میں قلم گھسیٹ رہا تھا۔ محلہ پرانے رئیسوں اور خمیروں کا تھا اور ہم جیسے پھٹے حال اکا دکا ہی پڑے ہوئے تھے اپنے اپنے منہ چھپائے ہوئے۔

اصل میں ہم دونوں کی دوستی دو تنگ دست، معتوب اور غصیل آدمیوں کا ایسا میل تھی جو دونوں کو راحت دیتی تھی۔ رجھا پہلے میں ہی تھا، بعد میں اُسے رجھالیا تھا، حالاں کہ ہم دونوں الگ الگ قماش کے لوگ تھے۔ وہ سائنس پڑھتا تھا لیکن دقیانوسی اور مذہبی تھا اور ہنسی ہنسی میں خود کو جنّتی کہتا تھا۔ میرا سائنس سے کوئی لینا دینا نہیں تھا، لیکن میں اسی کے سہارے اپنے کو جدید لگاتا تھا اور ترقی پسند بنا ہوا تھا —— حسین کا فتویٰ سر ماتھے پر لیے میں دوزخی ہوں۔ سچائی یہ ہے کہ ہم دونوں ایک دوسرے کو دوزخی سمجھتے تھے اور دونوں مل کر اس تیسرے کو جو ہمارے بیچ نہیں ہوتا تھا، لیکن جسے ہم کاندو کہتے تھے۔

'تم مکّار ہو،' ایک بار اس نے غصّے میں کھیلتے ہوئے کہا تھا، 'اوّل درجے کے پاکھنڈی اور چالباز ...'

'کیوں، کیا تم سے بھی بڑا؟'

'ہاں، میں تو تمھارے پاؤں کی دھول بھی نہیں ہوں۔'

'وہ تو تم ویسے بھی نہیں ہو۔' میں نے ہنس کر اڑانا چاہا تھا۔

'تم دونوں جہان کے مزے مارنا چاہتے ہو،' اس نے قریب قریب بال نوچتے ہوئے کہا تھا۔ 'دہریہ وہریہ کچھ ہو نہیں، وہ تمھارا ڈھونگ ہے۔'

'تمھارے جنّتی ہونے سے بھی بڑا ڈھونگ؟' میں نے اعتراض کیا تھا۔ 'کیوں ناحق فاقے کرتے ہو یار۔'

میں اکثر کہا کرتا تھا کہ جو واقعی روزے دار ہوتے ہیں، وہ سحری کے بعد افطار اور افطار کے بعد سحری کی فکر نہیں کیا کرتے۔ جو لوگ رمضان کے دنوں میں صبح شام تھیلی لیے بازار بھاگتے نظر آتے تھے، کبھی مرغ تو کبھی بینگن کے لیے، کبھی لوے تو

کبھی بٹیر، کبھی مچھلی تو کبھی بریانی کے لیے، میں ان کا مذاق اڑاتا تھا—— یہ جانتے ہوئے بھی کہ اس سے حسین کو چوٹ لگتی ہے کیوں کہ میں یہی چاہتا تھا۔

'تم نہ سنیوں میں ہو نہ شیعوں میں۔ نہ یہاں نہ وہاں۔ اللہ تم پر رحم کرے'، وہ مجھ سے کہتا تھا۔

یہ صرف ایک دن کی بات نہیں تھی۔ اکثر ہم دونوں کسی نہ کسی ایسی بات پر لڑتے تھے۔ غصّے میں ایک دوسرے سے کبھی نہ بولنے کی دھمکی دیتے تھے، لیکن اگلے دن یا اس کے اگلے دن پھر ملتے تھے۔ پھر سے لڑنے کے لیے...

یہ وہ دور تھا جب ملک میں فساد کی لہر آئی تھی اور ایک کے بعد کئی شہروں میں دنگے ہو رہے تھے—— جبلپور، بھیونڈی، جل گاؤں، احمد آباد، جمشید پور اور...

ہم لوگ بھوپال جیسے شہر میں رہ رہے تھے، جس میں فساد کی کوئی تاریخ نہیں تھی، پھر بھی ڈرے ہوئے تھے، کیوں کہ شہر میں تناؤ تھا۔ حکومت ہوشیار ہو گئی تھی۔ جگہ بے جگہ پولس اور ہوم گارڈ کے جوان تعینات تھے۔ روز افواہیں اڑتی تھیں اور باہر سے روز خبریں آتی تھیں—— ہیبتناک خبریں۔ برسوں سے ساتھ ساتھ رہ آئے ہندو مسلمان ایک دوسرے کو شک اور ڈر سے دیکھنے لگے تھے اور چھوٹے چھوٹے گروپ میں بنٹ گئے تھے۔

'دیکھ لو،' ایک ایسی ہی شام حسین نے گھبرائی ہوئی آواز میں کہا تھا، 'حیوان کے بچّوں نے ملک کا بٹوارہ کر کے کیا کر دیا ہے...'

اس نے صبح کے اخبار میں کچھ اور دل دہلا دینے والی خبریں پڑھ لی تھیں۔ اس کا شیو بڑھا ہوا تھا اور بال روکھے تھے—— اڑے اڑے سے۔ وہ اور دنوں سے زیادہ گنجا لگ رہا تھا۔

'اب یہ ملک رہنے لائق نہیں رہا،' وہ بولا، 'کسی دن ہم لوگ بھی کاٹ کر پھینک دیئے جائیں گے اور کوئی رونے والا نہیں ہوگا۔'

'کیوں، میں جو ہوں،' میں نے ہنس کر کہا۔ دراصل میں اپنے اور اس کے ڈر کو اڑانا چاہتا تھا—— اندھیرے میں گائے جانے والے گیت کی طرح۔

'تم بھی نہیں ہوگے،' اس نے آنکھیں نکال کر تلخی سے جواب دیا، 'کل

جب کافروں کا جتھا گنڈاسے اور خنجر لے کر تمھارے دروازے پر آئے گا، تب کوئی نہیں پوچھے گا کہ تم کیا سوچتے ہو یا تمھارے خیالات کیا ہیں! پہچان کے لیے تمھارا نام کافی ہے۔'

'تم تو کہہ رہے تھے کہ پہچان کے لیے صرف نام کافی نہیں ہوتا۔'

'وہ اور بات تھی۔ دوسرے سلسلے میں کہی گئی تھی۔ مسئلوں کو گڈمڈ مت کیا کرو۔ میں جانتا ہوں تم چالاکی کر رہے ہو۔'

ہاں، میں چالاکی کر رہا تھا۔ جان بوجھ کر انجان بنے رہنے کی چالاکی۔ سچائی سے ڈر کر بھاگ کھڑے ہونے کی چالاکی۔ حسین سے متفق نہ ہونے اور اسے زخمی کرنے کی چالاکی۔ میں حسین سے بالکل متفق نہیں ہونا چاہتا تھا، کیوں کہ اس کی بات ماننا اپنے پاؤں کے نیچے کے اس ٹیلے کو کاٹنا تھا، جس پر میں کھڑا تھا۔

اس درمیان ایک ایسی بات ہوئی، جس کے بارے میں میں نے کبھی سوچا بھی نہیں تھا۔ حسین اچانک میرے لیے نایاب ہوگیا تھا۔ صبح اس کا کالج ہوا کرتا تھا۔ دوپہر میں میرا دفتر۔ ایک شام کا ہی وقت تھا، جس میں ہم اکثر ملا کرتے تھے، لیکن ادھر وہ کئی شاموں سے غائب تھا۔ میرے لیے حسین کا گھر اجنبی نہیں تھا، جمیل بھی میرے لیے نیا نہیں تھا۔ میں جانتا تھا کہ وہ حسین کا چھوٹا بھائی ہے اور اسی کالج میں پڑھتا ہے۔ جب جب میں حسین کے یہاں گپ شپ، چائے یا کھانے پر ہوتا، اکثر جمیل بھی ہوا کرتا تھا —— یہاں تک کہ اس کے باپ بھائی جان بھی۔ وہ اس معنی میں عجیب گھر تھا کہ یہاں پہنچے کسی بھی دوست یا مہمان سے پورا گھر ملتا تھا اور سبھی لوگ بات چیت میں شریک ہوتے تھے۔ مجھے بھائی جان کا اپنے بیچ ہونا کئی بار کھلتا تھا، کیونکہ اس سے ہماری آزادی چھنتی تھی، لیکن جمیل کا ہونا مجھے اچھا لگتا تھا۔ دراصل میں جمیل کو شروع سے پسند کرتا تھا۔

اب سوچتا ہوں تو لگتا ہے کہ جمیل کا پہلے مجھ سے نہ ٹکرانا یا حسین کے ذریعہ سے ملنا محض ایک اتفاق تھا، ورنہ شاید میں سیدھے اس کا دوست ہوتا۔ یہ بات تب بھی لگی تھی جب میں حسین کا اتہ پتہ کرنے کئی بار اس کے گھر گیا تھا اور جمیل مجھے نہیں

ملا تھا۔ پھر میں دھیرے دھیرے حسین سے کٹ گیا تھا۔

'حسین بھائی سے آج کل شام کو ملنا مشکل ہے،' میری دو تین بار کی مایوسی کے بعد جمیل نے مجھے بتایا تھا، 'در اصل یہ اور سعید محمود اسی چکّر میں ہیں۔'

'کس چکّر میں؟'

'تعجب ہے کہ آپ کو پتہ نہیں! کیا آپ نہیں جانتے کہ دونوں باہر نکلنے کی جوگاڑ میں ہیں؟'

'باہر یعنی؟'

'باہر یعنی کہیں بھی۔ میڈل ایسٹ، لیبیا، افریقہ اور وہاں جہاں جاب ملے، اچھے پیسے ملیں۔ سعید محمود کی تو مجبوری ہے، ایسے کالج کی ماسٹری میں وہ ویسے ہی کنگال ہے۔ چار چار بیٹیاں سر پر بیٹھی ہوئی ہیں اور بیٹا پولیو کا شکار... حسین بھائی ہیں کہ وہ بہتر زندگی چاہتے ہیں...'

سعید محمود تب بھوپال میں تھا اور اسی کالج میں پروفیسر تھا۔ وہ ہم تینوں کا دوست تھا، لیکن کسی کے ہاتھ نہیں آتا تھا، کیوں کہ ہر وقت وہ جلدی میں ہوتا تھا --- ایک ایسی بے چینی بھری جلدی جو اسے کہیں دو پل سے زیادہ ٹکنے نہیں دیتی تھی۔ وہ آتا تو بیٹھتا نہیں تھا۔ بیٹھتا تو پر تولنے لگتا تھا اور سچ تو یہ ہے کہ اس کے آتے ہی یہ دھڑکا لگا رہتا تھا کہ وہ کسی بھی پل چلا جائے گا۔ حسین اور اس کی دوستی ایک حد تک پینے کی وجہ سے تھی لیکن مزاج کے لحاظ سے وہ میرے زیادہ نزدیک پڑتا تھا۔ پھر بھی مجھے تعجب نہیں ہوا، کیوں کہ دونوں ایک ہی مقصد کے لیے جمع ہوئے تھے، بھلے ہی وجہ الگ الگ ہو۔

'کیوں، بھاگ رہے؟' کئی دنوں کے بعد جب حسین پکڑ میں آیا تو میں نے اسے دھر دبوچا۔ حسین نے مجھے اسی انداز سے دیکھا جس میں اس کی چھوٹی موٹی آنکھیں گول ہو کر نوکیلی ہو جاتی تھیں اور حملہ آور لگتی تھیں۔

'کون بھاگ رہا ہے؟'

'تم اور کون!'

'میں بھاگ نہیں رہا، جا رہا ہوں۔'

'ایک ہی بات ہے۔'

'ایک ہی بات نہیں ہے،' اس نے زور دے کر کہا، 'بھاگنے والے پاکستان میں ہیں اور وہ کبھی لوٹ کر نہیں آئیں گے۔'

'تم کون لوٹ کر آنے والے ہو۔'

'کیوں، میں کیا کالے حبشیوں کے بیچ مرنے جا رہا ہوں؟'

'کیا پتہ!'

'تم جیسے دوست تو یہی دعا کریں گے۔ کرو...'

'میدان تو چھوڑ ہی رہے ہو۔'

'دو چار سال کے لیے گھر سے باہر نکلنا میدان چھوڑنا ہے، بھاگنا ہے؟' اس نے بوکھلا کر کہا۔ 'میں اپنے اور اپنے بچّوں کے مستقبل کے بارے میں کچھ نہ سوچوں؟ یہیں پڑا سڑتا رہوں۔ اپنے آس پاس لچّوں، لفنگوں، بدکاروں اور بدمعاشوں کو پنپتا ہوا دیکھتا رہوں۔ روز کوڑھوں... اور لہو جلاؤں؟'

'مستقبل اور بچے تو میرے بھی ہیں،' میں نے کہا۔

'تم اگر کیچڑ میں پڑے رہنا چاہتے ہو تو کوئی کیا کر سکتا ہے۔' وہ بولا، 'نہ تو تم اوپر اٹھ سکتے ہو، نہ اٹھنا چاہتے ہو۔'

'پیسوں کے پیچھے بھاگنا اوپر اٹھنا ہے؟'

'یہ بیماروں، نکموں اور بزدلوں کی فلاسفی ہے۔' اس نے چیخ کر کہا، 'اسے تم اپنے ہی پاس رہنے دو۔' اور وہ تیزی سے چلا گیا۔

نائجیریا جانے سے پہلے حسین سے یہ میری آخری بات، چیت تھی۔ کم سے کم اس سلسلے میں۔ اس کے بعد ہم ملے ضرور، لیکن ہر ملاقات سرسری تھی اور ہماری باتوں کا کوئی مطلب نہیں تھا۔ ویسے بھی تب ایک دوسرے سے ہم لوگ کٹ چکے تھے۔ پھر ایک دن سنا کہ وہ چلا گیا — مجھ سے ملے بغیر اور مجھے گہری چوٹ کرتا ہوا۔ گیا سعید محمود بھی۔ لیکن اس کا جانا ایک امید پر لگائی گئی چھلانگ تھی۔ وہ بیوی کے بچے کھچے زیور اور موروثی زمین بیچ کر سعودی عرب گیا تھا، جب کہ حسین کو نائجیریا کے کسی اسکول میں باقاعدہ

کام ملا تھا اور اس کے لیے ہوائی جہاز کا ٹکٹ آیا تھا...

'اور کچھ لاؤں؟' کنیز مجھ سے کہہ رہی تھی۔ میرے سامنے کھڑی اور رقابی کی طرف بڑھتی ہوئی۔ میں جیسے چونکا۔

'اور کیا؟'

'کباب یا ایک آدھ روٹی'

'بس، بس،' میں نے کہا، 'اوّل ہی بہت ہو چکا۔ قاعدے سے مجھے کھانا بھی نہیں چاہیے تھا۔ دوپہر کا کھانا اکثر میں ٹالنے کی کوشش کرتا ہوں —— خاص طور سے باہر۔ ڈاکٹر کہتے ہیں کہ اسے اصول بنالو...'

'اور تم نے مان لیا؟' جمیل نے مسکرا کر ٹوکا اور میں ہنسنے لگا۔ جمیل جانتا تھا کہ دلّی کے یہ تین چار برس میں نے ڈاکٹروں کے پیچھے کتنی ایڑیاں رگڑی ہیں۔ ابھی دلّی میں پاؤں بھی نہیں جمے تھے کہ معلوم ہوا، میں ایک موذی مرض کی چپیٹ میں ہوں۔ کیا کرتا؟ نفرت یا ان کے خلاف اپنے بڑبولے پن نے میری کوئی مدد نہیں کی اور میں سپتال پہنچ کر ایک فائل بن گیا تھا —— کیس نمبر سی ۵۳۵۔

وہ دوزخ کے دن تھے۔

رقابی اٹھا کر کنیز گئی نہیں، کھڑی رہی، پھر دو پل مجھے گھور کر پوچھا، 'ابھی پچھلے دنوں تمھارا کیا ہارٹ وارٹ کا کچھ...'

میں نے چونک کر دیکھا۔ ہاں، چوٹ لگی تھی۔ کیا کنیز کو خبر بھی نہیں تھی؟ میں تو سمجھ رہا تھا کہ اس گھر میں کبھی میرے لیے نیم ماتم کا ماحول بنا ہوگا اور جب پہنچوں گا تو مجھے ایسے لیا جائے گا، جیسے تقریباً کھویا ہوا آدمی اچانک برآمد ہو گیا ہو۔

'اس کی بری حالت ہو گئی تھی'، جمیل کنیز سے کہنے لگا، 'میسیو ہارٹ اٹیک تھا۔ کوئی پچاس گھنٹے زندگی اور موت کے بیچ جھولتا رہا۔ وہ تو دلّی جیسی جگہ تھی، پیس میکر لگا کر بچا لیا، ورنہ خدا جانے کیا ہوتا'

کنیز کا چہرہ ایک پل کے لیے سفید ہو گیا —— خوف سے۔ اس کے بہنوئی اسی سے گئے تھے، بہن اسی سے، سسر اسی سے اور اب جیٹھ بھی —— جیٹھ یعنی حسین بھائی۔ جانے سے پہلے وہ سنبھلتی ہوئی بولی ——

'اور سگریٹ پینا پھر مت چھوڑنا، اچھا!'

تھوڑی دیر بعد میری تپائی کے سامنے چائے کی ٹرے آ گئی۔ اسٹول کھینچ کر کنیز میرے سامنے بیٹھ گئی اور چائے بنانے لگی۔ اندر کے کمروں میں باجی تھیں، لیکن ان کے ہونے کا احساس یہاں سے مشکل تھا۔ پہلے تو خیر، وہ نماز پڑھ رہی تھیں، لیکن اتنی دیر میں نہ تو وہ باہر آئی تھیں اور نہ مجھ میں ہی اتنی ہمت تھی کہ اٹھ کر میں ہی اُن سے مل لوں۔ میں پھر دیواروں کو دیکھنے لگا، جن پر کنیز کی پینٹنگس ٹنگی ہوئی تھیں—— برسوں سے انھیں جگہوں پر اور ویسی ہی۔ لیکن جیسے پہلی بار دھیان آیا کہ وہ طغروں کے آس پاس ہیں۔ ایک طغرا تھا اللہ۔ دوسرا تھا محمدؐ۔ اس دروازے کے اوپر، جو گھر کے اندر کھلتا تھا، قرآن پاک کی آیت تھی' اِنَّ اللّٰہَ مَعَ الصَّابِرِیْنَ ' یعنی صبر کرنے والوں کے ساتھ خدا ہے۔

کیا میں نے صبر کیا تھا؟ چائے کا آخری گھونٹ لیتے ہوئے میں نے سوچا—— کیا میں نے ان دوستوں کو معاف نہیں کیا تھا، جو ہسپتال میں مجھے دیکھنے یا مجھ سے ملنے نہیں آئے تھے، اور کیوں ان دشمنوں کے لیے بھی میں نرم ہو گیا تھا جو میرے پلنگ کے پاس آ کر کھڑے ہو گئے تھے؟

'یا اللہ!' تبھی اندر سے باجی کی پکارتی ہوئی آواز آئی۔

'رضا بے ربیّ...!'

کنیز نے برتنوں کو ضرورت سے زیادہ آواز کرتے ہوئے سمیٹا اور ٹرے میں رکھنے لگی—— ایک کے بعد ایک۔ پھر اٹھ کر اندر چلی گئی۔

باجی کو کیسے سنبھالا تھا؟' کچھ لمحوں کی چپّی کے بعد میں نے پوچھا۔

'سب اپنے آپ سنبھل جاتے ہیں،' وہ بولا' جس وقت حسین بھائی کی خبر نائجیریا سے ملی تھی، باجی سخت بیمار تھیں۔ لگتا تھا بچیں گی نہیں۔ میری سمجھ میں نہیں آ رہا تھا کہ میں کیا کروں۔ ڈاکٹر سے پوچھا تو کہنے لگا، پتہ نہیں ایسی حالت میں یہ صدمہ برداشت بھی کر پاتی ہیں یا نہیں، لیکن انھیں نہ بتانا بھی تو زیادتی ہوگی۔ آخر کب تک چھپاؤ گے؟ میں دو دن تک سب سے لڑتا رہا کہ انھیں نہ بتایا جائے۔ تم تو جانتے ہو وہ حسین بھائی کو ہم سب سے زیادہ چاہتی تھیں۔ میرا کہنا تھا کہ کیا یہ ممکن نہیں کہ انھیں کبھی پتہ ہی

نہ چلے۔ چھوٹی چھٹیاں منگوائی جا سکتی ہیں یا ایسا ہی کچھ ... زیادہ سے زیادہ انھیں اتنی چوٹ تو لگنی نہ کہ لڑکے نے آنکھیں پھیر لیں اور نالائق نکل گیا ... لیکن آخر مجھے ہی ہارنا پڑا۔ پھر انھیں بتایا گیا اور اب سب کچھ تمھارے سامنے ہیں ...،

میں نے پوچھ تو لیا، لیکن پوچھنے کے ساتھ ہی مجھے اپنے سوال کے بے تکے پن کا دھیان آیا۔ یہ وہی سوال تھا جو ہر ملنے والا مجھ سے بھی پوچھتا تھا اور مجھے جھنجھلاہٹ ہوتی تھی۔ میں کہنے لگا، 'میرا مطلب ہے کہ اس سے پہلے کچھ ...،

'نہیں، کبھی کچھ نہیں۔ دو ایک دن پہلے اپنی طبیعت کے ٹھیک نہ ہونے کی شکایت ضرور کر رہے تھے۔ اس دن وہ روز کی طرح کام پر گئے تھے۔ بھابھی سے کہہ رکھا تھا کہ شام کو ڈاکٹر کے پاس چلے چلیں گے۔ شام کو وہ تیار بھی ہو گئے تھے لیکن اس وقت ان کا ایک پاکستانی دوست آگیا — ایک ویڈیو کیسٹ کے لیے اور وہ ٹی۔ وی دیکھنے لگے۔ شاید تم نہیں جانتے کہ ادھر انھوں نے ہندی فلم کے کیسٹس اور ہندوستانی سنگیت کے ایل پینر کا کتنا بڑا ذخیرہ کر رکھا تھا؛

ہاں، میں نہیں جانتا تھا۔ سات سال پہلے جب حسین یہاں تھا تو وہ ہندی فلموں سے نفرت کرتا تھا اور اسے ہندوستانی سنگیت سے کوئی دلچسپی نہیں تھی۔

اپنے پاکستانی دوست کو ڈرائنگ روم میں چھوڑ کر وہ اندر ایک کیسٹ لینے گئے تھے، لیکن کیسٹ دیکھتے دیکھتے انھیں بے چینی ہوئی اور وہ لیٹ گئے۔ بس مشکل سے دو منٹ لگے ہوں گے ... میں سمجھ رہا تھا کہ ان کا کفن دفن وہیں ہو چکا ہو گا۔ ہم لوگ رو دھو کر چپ بھی ہو چکے تھے۔ کوئی دس بارہ دنوں کے بعد جب بھابھی اور بچوں کو لینے میں بمبئی پہنچا تو مجھے گمان بھی نہیں تھا کہ وہ نائجیریا سے حسین بھائی کا تابوت لے کر آئی ہیں۔ پھر سب کے زخم کھلے، پھر ایک بار نئے سرے سے ماتم ہوا ...،

'اور نصیب کی سنگدلی تو دیکھو،' تھوڑی دیر ٹھہر کر جمیل کہنے لگا، 'اسے تب ہونا تھا جب وہ لوٹنے کو ہی تھے۔ ابھی چھ مہینے پہلے جب وہ یہاں آئے تھے تو کہنے لگے — بس، کچھ دنوں کی بات اور ہے، اس کانٹریکٹ کے ختم ہونے کے بعد میں ہندوستان لوٹ آؤں گا۔ کہنے لگے — اب اور وہاں نہیں رہا جاتا۔

کچھ بھی کہو، اپنا ملک پھر بھی اپنا ملک ہے ... انھوں نے یہاں، شملہ ہلس، میں اپنی پسند کا شاندار مکان بنوا لیا تھا۔ لوٹنے کے بعد وہ یہاں کیا کریں گے یہ طے ہو چکا تھا اور وہ بہت خوش تھے۔ تب انھوں نے کبھی سوچا نہیں ہوگا کہ جس گھر کی ایک ایک اینٹ انھوں نے اتنے پیار سے رکھوائی تھی، اس میں وہ کبھی نہیں رہ پائیں گے ... پچھلی بار ایک عجیب بات ہوئی تھی۔ جب میں انھیں ایر پورٹ تک چھوڑنے گیا تھا تو زندگی میں پہلی بار ایک ہمک سی اٹھی تھی۔ یکایک جی میں آیا تھا کہ انھیں بہت زور سے بھینچ لوں، ایک دم کلیجے سے لگا کر، لیکن پھر لگا کہ یہ کوری جذباتیت ہوگی۔ حسین بھائی کون ہمیشہ کے لیے جا رہے ہیں اور اپنے کو روک کر بس نے وہ موقعہ ہمیشہ کے لیے کھو دیا۔ اب وہی تکلیف اتنی بڑی کسک بن گئی ہے کہ ہر وقت مجھے تنگ کرتی رہتی ہے۔ کیا تم نے کبھی سوچا ہے کہ ہم اکثر کسی زعم، کسی ذہنی گرہ یا ایک نامعلوم سی ضد کے تحت ایسے مواقع کو کھوتے رہتے ہیں جن میں اکثر وہ آدمی چھپا ہوتا ہے۔ ہم انھیں آگے کے لیے ملتوی کر دیتے ہیں —— بغیر یہ جانے کہ ہماری زندگی میں پھر کبھی نہیں آئیں گے ...'

کنیز نے پان کی طشتری میری طرف بڑھا دی۔ وہ کب پاندان لے کر آ بیٹھی تھی، مجھے پتہ نہیں تھا۔ میں نے چپ چاپ پان لے لیا۔

میں جانتا تھا کہ جمیل نے مجھے کہیں گہرے چھو لیا ہے۔ لیکن کیا وہ صرف چھونا تھا، اپنی گرفت میں لے کر نچوڑنا نہیں؟ میں سامنے کی دیوار کی طرف دیکھنے لگا۔ جس پر طغرا لگا ہوا تھا —— اللّٰہ، اللّٰہ ... دیکھتے ہوئے۔

پھر تصویریں آئیں، حسین کی۔ حسین بھائی اپنے باغ میں تینوں چھوٹے بچوں کے ساتھ۔ حسین بھائی اپنی گاڑی میں اسٹیرنگ کے سامنے جب کہ بھابھی کار کا دروازہ پکڑے کھڑی ہیں۔ میں نے وہ تصویر اٹھائی جو ادھر حال کی تھی —— شاید یہاں کی۔ اس میں صرف حسین تھا۔ صرف اس کا ہنستا ہوا چہرہ۔ تصویر میں وہ بہت تیزی سے بوڑھا ہوتا ہوا لگا اور یہ دیکھ کر تعجب ہوا کہ اس کے چہرے پر خوشحالی کی کوئی چھاپ نہیں تھی۔ اُلٹے وہ ایک پیڑ کی طرح سوکھ رہا تھا۔ وہ پہلے سے کہیں زیادہ گنجا ہو گیا تھا اور اس کی داڑھی بڑھی ہوئی تھی۔

'یہ تو یہیں کی لگتی ہے؟' میں نے کہا۔

'ہاں، وہ اس جگہ بیٹھے تھے اور میں نے تصویر لے لی تھی۔ ابھی پچھلی بار۔'

'اس میں حجامت کیوں بڑھی ہوئی ہے؟'

'ادھر انھوں نے داڑھی رکھ لی تھی۔ تم ان سے کب ملے تھے؟'

'تین چار سال پہلے، یہیں پر۔ اس بار میں دلّی سے آیا تھا، تو اتفاق سے وہ یہیں تھا۔ بیچ میں وہ ایک آدھ بار اپنے ویزا وغیرہ کے سلسلے میں دلّی آیا تو اس نے خبر بھیجی تھی، اور میرے گھر بھی پہنچا تھا، لیکن میں جانے کہاں الجھا ہوا تھا کہ وقت پر نہیں پہنچ سکا اور وہ بنا ملے چلا گیا۔'

میں جمیل سے صاف جھوٹ بول رہا تھا۔ سچ تو یہ ہے کہ میں حسین سے ملنا نہیں چاہتا تھا اور اسے جان بوجھ کر ٹال گیا تھا۔ شاید میں اس سے بچنا چاہتا تھا، پتہ نہیں کیوں۔ حالاں کہ میں اسی کی تصویر ہاتھ میں لیے کافی دیر سے دیکھ رہا تھا اور مجھے ایک بے چین کرنے والی اور نامعلوم سی تکلیف ہو رہی تھی۔

'معلوم ہے، جب مجھے دورہ پڑا تو ڈاکٹروں نے کیا پوچھا تھا؟'

جمیل میری طرف دیکھنے لگا۔ کینیز وہاں سے جا چکی تھی اور ہم دونوں اکیلے تھے۔

'کہنے لگے، بتائیے، جس دن آپ کو یہ تکلیف ہوئی، اس دن یا اس کے دو ایک دنوں میں کیا ہوا تھا؟ کسی طرح کا تناؤ، کوئی صدمہ، کوئی ایسی ویسی خبر جس نے آپ کو ڈسٹرب کیا ہو؟ میں نے کہا 'نہیں، ایسا کچھ بھی نہیں۔ یہ ٹھیک ہے کہ میرٹھ میں فساد ہو رہے تھے، لیکن وہاں میرا کوئی عزیز نہیں تھا۔ یہ بھی صحیح ہے کہ پرانی دلّی میں تناؤ تھا اور کرفیو لگا ہوا تھا، لیکن میں تو نئی دہلی میں رہ رہا تھا۔' پھر میں نے کچھ سوچ کر حسین کو بتا دیا تھا، یہ کہتے ہوئے کہ وہ میرا دوست ضرور تھا، لیکن ادھر کئی برسوں سے ہم دونوں ایک دوسرے سے بہت دور ہو گئے تھے۔ اب لگتا ہے کہ پتہ نہیں اس بات میں کہاں تک سچائی تھی۔ سچ تو یہ ہے کہ سب

کچھ کے باوجود حسین ایک صاف، ایماندار اور نیک آدمی تھا اور میں اُسے بہت پیار کرتا تھا، بہت ...!

اور یہ کہتے کہتے میں نے دیکھا کہ میرا گلا روندھ گیا ہے، آنکھیں بھر آئی ہیں اور میں سچ مچ رونے لگا ہوں ...

ہاں، سچ مچ!

رام درش مشر

سڑک

بھرر بھرر کرتی ہوئی ایک جیپ دُکان کے سامنے رُکی۔

'او چائے والے، چار کپ چائے بنانا—' کہہ کر ایک آدمی تین آدمیوں کے ساتھ دُکان کے آگے پڑی کھاٹ پر بیٹھ گیا اور وہ آپس میں بنتی ہوئی اس سڑک کے بارے میں بات چیت کرنے لگے۔

چائے والے نے کوئلے کے چولہے پر کھولتے پانی کو پتیلی میں ڈال کر انداز سے اس میں چائے چینی اور دودھ ملا دیا اور کانپتے ہاتھوں سے آنکھیں نیچی کیے چار کپ چائے تپائی پر رکھ آیا۔

'اوہو ہو، کیا واہیات چائے بنائی ہے اس بڈھے نے۔' کہہ کر اس آدمی نے جھٹکے سے پیالہ سمیت چائے نیچے لڑھکا دی۔ باقی تینوں آدمیوں نے اس کی ہاں میں ہاں ملائی، لیکن چائے سُڑکتے رہے۔

اب جا کر چائے والے نے آنکھ اٹھائی اور غصّے سے بڑبڑاتے اس آدمی نے بھی چائے والے کو دیکھا اور حیرت سے بول اٹھا—

'ارے، آپ ماسٹر صاحب!'

اور ماسٹر چندر بھان پانڈے نے دیکھا کہ وہ آدمی اور کوئی نہیں، اس کے علاقے کے ایم۔ایل۔اے جنگ بہادر یادو ہیں۔ ان کی آنکھیں شرم سے جھک گئیں

اور جھکی ہوئی آنکھیں تار تار پھٹے ہوئے کھادی کی دھوتی کے بڑے بڑے سوراخوں میں الجھ گئیں۔

یادو جی نے ایک ٹھہاکہ لگایا—— ' اچھا ماسٹر جی، آپ نے اب یہ دھندہ بھی شروع کر دیا۔ ٹھیک ہے آدمی کو کچھ نہ کچھ کرتے رہنا چاہیے۔ پیسہ بڑی چیز ہے۔ میرے لائق کوئی سیوا ہو تو کہیے گا، ماسٹر جی ' پھر ایک ٹھہاکہ لگایا اور ساتھ کے لوگوں نے بھی ٹھہاکے کی تائید کی۔ ایک نے خوشامد کے طور پر کہا، ' ارے یادو جی، آپ کی بدولت جب اس علاقے میں سڑک آ رہی ہے، تو نہ جانے کتنے لوگوں کا پیٹ پلے گا۔'

یادو جی نے پانچ روپے کا ایک نوٹ نکالا اور ماسٹر صاحب کی طرف بڑھا دیا۔

' میرے پاس کھلے روپے اور پیسے نہیں ہیں ' ماسٹر جی نے کہا۔

' ارے تو رکھیے نا، کون آپ سے پیسے واپس مانگ رہا ہے ؟ '

' نہیں، میں آپ سے ویسے بھی پیسے لینے کا حق دار نہیں ہوں۔ آپ نے تو چائے پی نہیں '

' ارے تو چائے کے پیسے کون دے رہا ہے گورو جی ! اسے گورو دکشنا سمجھ لیجیے۔ کام آئے گا '

پانڈے جی تلملا گئے۔ ہاتھ میں پانچ روپے کا نوٹ پکڑے زخمی سے رہ گئے۔ ان کے دل میں غصے کا ایک طوفان سا اٹھا۔ آنکھوں میں حقارت بھرے وہ یادو جی کی طرف بڑھے اور پانچ کا نوٹ ان کی طرف پھینک کر چلائے—— ' یادو جی ' یہ اپنے روپے لیتے جائیے، میں بھیک نہیں مانگتا '

لیکن یادو جی جیپ میں بیٹھ چکے تھے۔ مسکرا کر پانڈے جی اور ان کے ذریعے پھینکے گئے روپے کو دیکھا۔ جیپ بھر بھر کر کے اسٹارٹ ہوئی اور اس کی دھول بھری ہوا میں ناچتا ہوا نوٹ تھوڑی دور جا گرا۔

کچھ دیر تک نوٹ دھول بھری ہوا میں چھٹپٹاتا رہا اور پھر شانت ہو گیا۔ پانڈے جی اسے دیکھتے رہے، پھر دھیرے دھیرے آگے بڑھے اور دھول جھاڑ کر نوٹ اٹھا لیا۔ آخر کیا کیا جائے۔

گورے بدن، چوڑے ماتھے، سفید بال والے پانڈے جی کھادی کی ایک پھٹی پرانی دھوتی پہنے اور اسی کا آدھا حصہ ننگے جسم پر ڈالے ہوئے اپنی جھونپڑی کے آگے پڑی بینچ پر بیٹھے بیٹھے اداس ہو چلے تھے۔ ان کے چندن لگے ماتھے کی سکڑن بھری لکیروں میں یادو جی کی جیب سے اڑی ہوئی دھول سما گئی تھی۔ سوچ رہے تھے ——

یادو اسے ذلیل کر گیا۔ وہ پہلے ہی کہتا رہا کہ یہ کام اس سے نہیں ہوگا۔ وہ برہمن، پرانا کانگریسی، اسکول کا مدرس۔ کیا بوڑھاپے میں چھوٹی ذات کے لوگوں کی طرح چائے پکوڑی اور سرتی۔ یہی نہ اس کی تقدیر میں رہ گیا تھا۔ اس نے کتنا منع کیا لیکن اپنی اولاد کے آگے کس کا بس چلتا ہے۔ رمیش ضد لے بیٹھا اور کچھ لوگوں نے اس کی ہاں میں ہاں ملا دی۔

'لیکن ...' پانڈے جی اداس ہو گئے۔ ہاتھ لگا کر دیکھا —— کھادی کی دھوتی جوتڑ پر پھر پھٹ گئی تھی۔ دھوتی کیا ہے جیسے چیتھڑوں کا جوڑ۔ کھادی اسے بے پردہ کر کے چھوڑے گی۔ اب وہ کیا کرے؟ اسی دھوتی کو وہ اِدھر سے اُدھر اور اُدھر سے اِدھر کر کے پہنتا رہتا ہے۔ سبھی جگہ سے تو یہ پھٹ چکی ہے۔ اب اِدھر سے اُدھر کرنے کی بھی تو جگہ نہیں بچی۔ رمیش کہتا ہے —— 'چھوڑیئے، کھادی وادی پتا جی۔ مل کی دھوتی مضبوط اور سستی ہوتی ہے۔ وہ اس طرح جگہ بے جگہ دھوکہ نہیں دیتی۔'

وہ کب سے سن رہا ہے رمیش کی بات کو اور سوچتا ہے، ٹھیک ہی تو کہتا ہے رمیش۔ لیکن اب کیا بدلنا؟ اب تو زندگی بیت چلی، اس بوڑھاپے میں کیا قاعدہ توڑنا...؟ لیکن وہ کہاں سے خریدے کھادی کی دھوتی۔ ایک موٹی دھوتی بھی تیرہ چودہ روپے سے کم میں نہیں آتی، پھر اس کے ساتھ کرتا، ٹوپی، چادر، تولیا سبھی تو لگے ہوئے ہیں۔ اتنے میں تو مل کے موٹے کپڑوں کے کئی کئی سیٹ آجائیں گے اور چلیں گے بھی زیادہ ... پھر بھی جی نہیں مانتا۔ اب جینا ہی کتنے دن ہے۔ لیکن جی کے ماننے نہ ماننے کا ہی سوال تو نہیں ہے۔ اسے اسکول سے ریٹائر ہوئے پانچ برس ہو گئے۔ کھیت کے نام پر تین بیگھے کھیت —— وہ بھی سیلاب زدہ کچھار کے کھیت۔ چھ سات آدمیوں کا گزر بسر کیسے ہوگا۔ مہیش تو پڑھ لکھ کر خاندان سمیت

باہر چلا گیا نوکری کرنے۔ اس کا اپنا ہی گزر بسر مشکل سے ہوتا ہے۔ چھوٹا لڑکا رمیش بہت ڈھکیلنے پر بھی آٹھویں پار نہیں کر سکا۔ لیپٹ گیا کھیتی باڑی میں۔ اس کے تین بچّے ہیں، دونوں وقت بھر پیٹ کھانا تو ملتا نہیں، یہ کھادی کے کپڑے کہاں سے آئیں؟

دُکان کے سامنے کی سڑک سے لوگ آجا رہے تھے۔ پانڈے جی نے جھونپڑی کے پیچھے جاکر دھوتی اِدھر اُدھر کرنے کی بہت کوشش کی لیکن اب انھیں کوئی گنجائش نہیں دکھی۔ انھیں غصّہ آیا کہ اس سسُری دھوتی کو پھاڑ پھوڑ کر پھینک دے اور ننگا ہو جائے۔ ارے، ننگا تو ہو ہی گیا ہے۔ چائے کی دُکان کھول کر کم ننگا ہوا ہے؟ ہر شُناسا ایک طنزیہ نگاہ سے اسے دیکھتا ہے اور عجب عجب سوال کرتا ہے اور اس پر یہ یادو کا بچّہ اُسے اتنا ذلیل کر گیا۔ اسے اتنا غصّہ آیا کہ اس یادو کے بچّے کو پھر ایک بار بینچ پر کھڑا کر کے اس کے چوتڑ پر بینت لگائے، لیکن اب تو وہ ایم۔ایل۔اے ہو گیا ہے، طالب علم نہیں رہا۔ وہ اپنا غصّہ اپنے اندر ہی دبائے سلگنے لگا۔ لیکن اُسے ایک بات سے بڑی راحت ملی کہ اس نے اس ایم۔ایل۔اے کے بچّے کو اسکول میں بینچ پر کھڑا کر بینت سے پیٹا ہے۔ اب بھی اس کے چوتڑ پر بینت کے نشان ہوں گے۔ دھیرے دھیرے اسکول کے دن اس کے سامنے کھسک آئے۔ تب کون جانتا تھا کہ یہ جنگلی آگے چل کر جنگ بہادر یادو ایم۔ایل۔اے بن جائے گا۔ کلاس میں سب سے بودا لڑکا یہی تھا۔ اسے ہر روز مار پڑتی تھی۔ کئی بار تو اس نے لڑکوں کے چاقو، دوات، پنسل چرالی تھیں اور اس نے اسے بنچ پر کھڑا کر کے بہت پیٹا تھا۔ ایک بار تو اس نے گاندھی جی کی تصویر دوسرے لڑکے کی کتاب سے پھاڑ لی تھی اور اس پر پیشاب کر دیا تھا پھر تو اس نے اسے اسکول سے ہی نکال دیا تھا۔ بعد میں لوگوں کے کہنے سننے پر واپس لے لیا تھا... اب وہ بڑا نیتا بن گیا ہے۔ پتہ نہیں اس ملک میں کیسے اتنے بڑے بڑے معجزے ہو جاتے ہیں۔ اسے لگتا ہے کہ لوگ کہاں سے کہاں پہنچ گئے ہیں اور وہ کھادی کی پھٹی دھوتی پکڑے ہوئے بیٹھا ہے۔

شام کو رمیش آیا اور دونوں آدمی دُکان اٹھا کر گھر لے گئے۔

'مجھ سے یہ نہیں ہوگا، رمیش،' پانڈے جی تھکے سے بولے۔

'کیوں پتا جی ؟'

'لوگ مجھے بہت چھوٹی نظر سے دیکھ رہے تھے آج۔ میں لوگوں کی نگاہ نہیں جھیل پا رہا تھا۔'

'ہاں پتا جی، بھوک سے بھاری لوگوں کی نگاہیں ہی تو ہوتی ہیں نا۔ تو ٹھیک ہے، ہم لوگوں کی نگاہیں کیوں جھیلیں، بھوک ہی جھیلیں۔'

درمیان میں ایک خاموشی پھیل گئی۔

'بیٹھنے کو تو میں بیٹھتا، دیکھتا —— کون سالا میری بے عزتی کرتا ہے، لیکن پھر کھیتی باڑی چوپٹ ہو جائے گی۔'

پانڈے جی کچھ نہیں بولے۔

'کچھ ملا، بابو جی؟'

'ہاں، دو روپے کمائی کے اور پانچ روپے گورودکشنا کے۔'

'گورودکشنا کیسی؟'

پانڈے جی نے یادو کی کہانی سنادی۔

'ارے تو اس میں اتنا ناراض ہونے کی کون سی بات ہے، بابو جی۔ سو ہم لوگوں سے کھانا ہے، پانچ دے ہی گیا تو کیا ہو گیا؟'

پانڈے جی نے رمیش کو مار کھائی ہوئی نگاہ سے دیکھا۔ رمیش ہنس رہا تھا۔

رات کو پانڈے جی لیٹے تو کافی بے چینی محسوس کر رہے تھے۔ وہ خود سے ہی پوچھ رہے تھے —— کیوں بھائی آدرشوادی کانگریسی، تپتے ہوئے مدرس، نشہ خوری کے دشمن —— تمھارا یہی انجام ہونا تھا۔ جنھیں تم نے زندگی بھر علم پلایا، کیا انھیں اب چائے پکوڑی کھلاؤ پلاؤ گے؟ جن کے سامنے نشہ کے خلاف بولتے رہے، انھیں کے لیے شرتی تو لوگے؟ نہیں، نہیں، یہ نہیں ہوگا۔

وہ کب سے سوچ رہا تھا کہ کاش، اس پچھڑے ہوئے کچھار میں بھی ایک سڑک آتی۔ لیکن ساری کی ساری سرکاریں تو سوئی ہوئی ہیں اس کچھار کی طرف سے آنکھیں پھیر کر۔ سڑکیں تو دنیا میں کتنی ہیں لیکن اپنے علاقے میں سڑک آنے کا اور اس پر سفر کرنے کا سکھ کچھ اور ہی ہوگا۔ کتنا پیارا احساس ہوگا، ندیوں نالوں،

خندقوں، کھائیوں کے اوپر سے بھاگتی سڑک کا مسافر ہونے کا، کتنی سہولتیں بڑھ جائیں گی لیکن تب اس نے کہاں سوچا تھا کہ سڑک کے آنے کا کوئی اور مطلب بھی ہو سکتا ہے۔

اور جب کچی سڑک پکی سڑک بننے لگی تو رمیش نے کہا، 'بابوجی، کچی سڑک، پکی سڑک بن رہی ہے — یہ بہت اچھا ہوا۔ اپنا ایک کھیت سڑک کے کنارے ہی ہے اور اس کے پاس بس اڈہ بھی بننے والا ہے۔ ہم کیوں نہ وہاں کوئی دکان کھول دیں؟ شروع میں چائے کی دکان کھولی جائے اور کچھ سُرتی کی گانٹھیں وہاں رکھ دی جائیں۔ راستہ تو چالو ہے ہی، اب سڑک بن رہی ہے وہ اور چالو ہو جائے گی اور بہت سے مزدور کام پر لگیں گے۔'

'اچھا، دیکھا جائے گا۔' ٹالنے کی غرض سے پانڈے جی نے کہا۔

'دیکھا نہیں جائے گا، ابھی شاید کسی کے دماغ میں یہ چیز آئی نہیں ہے، بعد میں تو سبھی ایک ساتھ دکان کھول دیں گے۔ ہمیں سب سے پہلے اپنی دکان جما لینی چاہیے۔'

ایک خاموشی چھائی رہی۔

'اس بوڑھاپے میں آپ کو کھیتی باڑی کے کام کرنے پڑتے ہیں، اس سے اچھا ہوگا کہ آپ دکان پر بیٹھیں۔ آرام سے آپ کے دن بھی کٹ جائیں گے اور چار پیسے کی آمدنی بھی ہو جائے گی۔'

'کیا کہتے ہو — اب میں دکانداری کروں گا؟' وہ طیش میں اٹھا تھا تو اس کی دھوتی پھٹ گئی تھی۔

اور جب روز روز رمیش کے خیال اس کے دماغ سے ٹکرانے لگے تو ایک دن دکھی من سے منظوری دے دی۔ بنتی ہوئی سڑک کے پاس والے کھیت میں ایک جھونپڑی پڑ گئی، کچھ سرتی کے پتے اور چائے کے سامان رکھ دیئے گئے۔ وہ آج پہلی بار دکان پر بیٹھا تھا۔

لیکن نہیں، وہ کل دکان پر نہیں جائے گا۔ اس کا رُواں رُواں بخار سے سلگ رہا ہے، غریب ہوا تو کیا — اس بوڑھاپے میں اپنی آبرو بیچے گا۔ کروٹ لی تو دھوتی پھر پر رسے بول گئی۔ اب ننگا ہو کر گھر تو رہ سکتا ہے لیکن کیا دُکان پر بھی جائے گا اسی روپ میں؟

صبح ہوئی تو رمیش دُکان کا سامان لیے حاضر ہو گیا۔ پانڈے جی ادھ ننگے لیٹے رہے۔

'بابو جی، دُکان نہیں جائیں گے ؟'

پانڈے جی کے جی میں آیا کہہ دیں — نہیں جاؤں گا۔ لیکن کہہ نہیں سکے۔ درد بھری آواز میں بولے، 'ننگا ہو جاؤں کیا ؟'

سامان نیچے رکھتے ہوئے رمیش بھاری مَن سے بولا، 'اب کیا کہا جائے۔ کچھ روپے اکٹھے ہو جائیں تو آپ کے لیے کھادی کی ایک دھوتی لا دوں۔ کھادی بھی کتنی مہنگی ہو گئی ہے۔'

پانڈے جی نے دیکھا کہ رمیش کے بچے پھٹے پرانے نیکر پہنے اس کے سامنے سے اسکول چلے گئے۔ انھیں ایک چوٹ سی لگی — کیا وہ اتنی مہنگی کھادی کی دھوتی پہن کر بچوں کو ننگا رکھے گا ؟ آج تک تو اس نے یہی کیا۔ اسے کیوں نہیں معلوم ہوا کہ کھادی، کھادی میں فرق ہوتا ہے۔ ایک کھادی اس کی ہے، ایک یادو جی کی۔ یادو ہی کھادی پہننے کا حق دار ہے کیوں کہ اس کے جسم پر کھادی کی ترقی ہوئی ہے اور وہ ؟ وہ نہیں، اس کے جسم پر تو کھادی پھٹتی ہی چلی گئی ہے۔

رمیش سامان لیے اندر جا رہا تھا کہ پانڈے جی نے پکارا —

'رمیش !'

'ہاں، بابو جی !'

'تمھارے پاس اس کے علاوہ کوئی سالم دھوتی ہے ؟'

'ہاں، ہے بابو جی !'

'لانا تو بیٹے۔'

رمیش نے درد، حیرت اور خوشی سے ملی جُلی آنکھوں سے پتا کو دیکھا۔ پتا نے دوسری طرف منہ پھیر لیا تھا۔

اور کچھ دیر بعد پانڈے جی رمیش کی دھوتی پہن کر رمیش کے پیچھے پیچھے دُکان کی طرف چلے جا رہے تھے۔

مدراراکشس

مڈبھیڑ

کتنی لمبی اور تیکھی مار ہوتی ہے پھر وہ چاہے موسم کی ہو یا سپاہی کی۔ چیخ کر اُڑتی پھڑپھڑاتی ہوئی چیل کی طرح رجّن کی تکلیف بھری ہوئی ایک صدا سی سن پڑی...

'اوماں...'

ننھو کے ہاتھ کمر میں بندھے کپڑے کے کنارے سے بنائی چھوٹی سی پوٹلی پر اس قدر ڈھیلے پڑ گئے کہ پوٹلی اس کے بدن کا حصہ جیسی نہ بنی ہوتی تو ضرور سرک جاتی۔ آواز، بانس جیسی تڑکتی ہوئی تکلیف بھری وہ چیخ زیادہ لمبی نہیں تھی لیکن ننھو کی پسلیوں کے اندر بہت دور تک اور دیر تک لکیر سی کھینچتی چلی گئی۔

کتنی لمبی اور تیکھی مار ہوتی ہے پھر چاہے وہ موسم کی ہو یا سپاہی کی۔

جون کی اس بہت تیکھی اور بہت زیادہ چڑھے بخار کی طرح بے آواز دھوپ میں ننھو جہاں ٹھٹھک گیا تھا، وہاں سے صرف کچھ قدم آگے ہی اس کے مکان کی پچھلی دیوار تھی۔ کچی مٹی سے کھڑی کی گئی اس دیوار پر سفید سیپیاں اور گھونگھے اس طرح ابھر آئے تھے گویا وہ وہاں جڑ دیئے گئے ہوں۔ اس سفید پچی کاری کے درمیان پانی کی دھار سے کٹی مٹی کی سنکری کھڑی دھاریاں ظاہر کر رہی تھیں کہ موسم کی اگلی مار پڑتے ہی دیوار گل کر گر جائے گی۔ شاید اس دیوار کے گرنے پر بھی ویسی ہی دہلانے والی اور بھدی آواز ہو جیسی آواز اس بار رجّن کی سنائی دی تھی۔ ننھو ٹھہر گیا تھا۔

ہوسکتا ہے وہ اگلی چیخ کا انتظار کر رہا ہو یا پھر پہلی ہی چیخ کے اپنے باطن میں ڈوبنے کا وقت لینا چاہتا ہو۔ رجّن کی آواز دوبارہ نہیں آئی۔ موسم کی مار سے چھلی ہوئی دیوار کی طرح ہی شاید بارش یا ڈنڈے کے صرف ایک اور وار سے وہ بھی گرا ہو تالاب کی مٹی سے بنی کالی بھوری دیوار سا۔

اتنے وقت میں پوٹلی اس نے دوبارہ احتیاط سے پکڑلی تھی۔ پوٹلی میں کافی تعداد میں توڑی ارہر کی پھلیاں تھیں۔ انھیں چھلکے سمیت اُبال لینے کے بعد تھوڑے سے نمک کی مدد سے خاصے ذائقہ دار کھانے کے طور پر کام میں لایا جا سکتا تھا۔ کھانے کے معاملے میں اس کے لیے یہ موسم تقریباً خوش حالی کا ہوتا تھا۔ ہر کسی کے لیے یہ جاننا آسان نہیں ہوتا کہ دنیا کا سب سے عمدہ کھانا کیا ہوتا ہے لیکن نتھّو کو یہ ضرور معلوم تھا کہ مٹّی اور سڑے پتّوں کے بیچ ٹپکنے والے مہوے کے رس بھرے ہوئے سفید پھولوں یا پھلوں کے بعد سب سے ذائقہ دار کھانا ارہر کی اُبلی ہوئی پھلیاں ہوتی تھیں۔ ارہر ایک ایسی بدتمیز فصل ہے جو بنا کسی کھاد یا پانی کے، بغیر کسی سہی دیکھ ریکھ کے کھیت میں بے ترتیبی سے کھڑی رہتی ہے اور اتنے لمبے عرصے تک کھڑی رہتی ہے کہ لگتا ہے وہ وہاں ہمیشہ ایسی ہی بنی رہے گی۔ کھیت کی حفاظت کرنے والا ہی نہیں اُسے چر جانے والا جانور بھی اکثر اس کی طرف سے اداس ہو جاتا ہے۔ ایسے میں جُھلسا کر سُکھائے آدمیوں کی کھڑکھڑاتی بے جان بھیڑ کی طرح کھڑے اس کھیت سے دو پاؤ پھلیاں توڑ لینا معمولی بات تھی۔

رجّن لال کی اس دہشتناک چیخ کے بعد سب خاموش ہو گیا، صرف ایک ایسے پرندے کی آواز آتی رہی جس کے بارے میں نتھّو نے ہی نہیں گاؤں کے ہر آدمی نے ایک ہی خوفناک اور حیرت انگیز کہانی سنی تھی۔ سچ تو یہ ہے کہ بہت سے ذائقہ دار میوے جمع کرتے ہوئے اکثر وہ پرندہ بولتا ضرور تھا اور اُسے وہی کہانی یاد بھی آتی تھی۔ کہتے ہیں کبھی ایک بوڑھی عورت نے گھر کے باہر دھوپ میں مہوے پھیلائے اور لکڑی چُننے جاتے وقت اپنے اکلوتے پوتے سے کہہ گئی کہ وہ مہوؤں کی حفاظت کرے۔ دھوپ سے سوکھ کر مہوے بہت کم ہو گئے۔ بڑھیا نے واپس لوٹ کر سمجھا کہ بچہ چوری سے مہوے کھا گیا۔ بڑھیا نے بچّے کو سِل کے پتھر سے مارا۔ بچّہ مر گیا۔ لوگوں نے

بڑھیا کو بتایا کہ مہوے چوری نہیں گئے تھے: سوکھ کر کم ہو گئے تھے، اس کے بعد بڑھیا ایک چڑیا بن گئی اور ہر دو پہر آواز لگانے لگی —— اٹھو پُتو، پُور، پُور، پُور۔

رجّن کو وہ لوگ صبح کوئی آٹھ بجے لے گئے تھے۔ ان میں سے ایک چھوٹا تھانیدار تھا، باقی سپاہی تھے۔ رجّن سے انھیں کیا جاننا تھا یہ شاید ہی کسی کو معلوم رہا ہو۔

رجّن کو جس وقت پولس لے چلی، اس کے پیچھے بچّوں کی خاصی ہی بھیڑ تھی لیکن مرد یا عورت کوئی نہیں تھا۔ بچّے شاید وہاں بہت دیر تک رہے ہوں۔ گاؤں کے باہر پر دھان کے کھیتوں سے کٹ کر آنے والے اناج کے اکٹھا کرنے کی جگہ اور چھوٹے سے ایک کمرے کے اسکول کے پیچھے سے ہو کر راستہ کچھ بے ڈھنگی قبروں کے بیچ سے گزرتا ہوا ایک ٹیلے جیسی جگہ کی طرف نکل جاتا تھا۔ اس ٹیلے پر پلاش کی دھول سے جمی جھاڑیاں اور مکڑی کے جالے جیسے پھول اگانے والی لمبی سوکھی گھاس تھی۔

بچّوں اور رجّن کو ادھر جاتے دیکھنے والوں میں نتھو بھی تھا۔ جانے کیسے اُسے لگا تھا کہ اُسے وہاں اس وقت دکھائی نہیں دینا چاہیے۔ شاید اسی خاموش وہم کی وجہ سے اس نے سوچا تھا کہ پھلیاں توڑنے میں زیادہ وقت لگانا چاہیے اور پھر جہاں تک بنے، سیدھے راستے گھر نہیں لوٹنا چاہیے۔

لمبا راستہ طے کر کے گاؤں کے قریب آتے آتے اس نے یہ آواز سنی، بہت دور سے اور بہت زیادہ تکلیف میں چھٹپٹاتی آواز۔ وہ رجّن کی آواز تھی۔ کچھ ایسی جیسی کیچڑ کے بیچ نوک دار لکڑی سے چھید دی گئی مچھلی ہو۔ رجّن کی اُس چیخ کے ساتھ ہی ببول کے چھینٹے بے ڈول درختوں کے بیچ سے کہیں سے اس پرندے کی آواز آنے لگی —— اٹھو پُتو، پُور، پُور، پُور۔ جیسے وہ کہہ رہا ہو —— بیٹا اٹھ جاؤ مہوا کم نہیں ہوا ہے، پورا ہے۔ یہ چڑیا بولنا شروع کرتی ہے تو بولتی ہی جاتی ہے، تیکھی درد بھری آواز میں، اکثر گھنٹوں —— اٹھو پتو، پُور، پُور، پُور۔

رجّن کی آواز کے ساتھ بچّوں کا وہ ہجوم بھاگتا ہوا اسکول نام کے اس ادھ گرے سائبان کے پاس آ گیا۔ شاید انھیں پولس والوں نے دھمکا کر بھگا دیا تھا۔ بچّوں کے اس ہجوم میں ہی رجّن کا بیٹا بھی تھا۔ اسکول کے پاس ٹھہر کر بچّوں نے اس کی

طرف دیکھا۔ ان کی نگاہوں میں نہ کوئی حیرانی تھی، نہ رحم، اسے دیکھ کر وہ اپنی اپنی مصروفیت کا بہانہ ڈھونڈنے لگے۔ رجّن کا بیٹا ابھی تک نارمل دِکھ رہا تھا لیکن وہ یکایک کمزور اور بیمار دِکھنے لگا۔ اس کا سانولا چہرہ ایسا ہو آیا جیسے اس پر راکھ کی ایک پرت جم گئی ہو۔ وہ دھیرے سے سوکھے ہوئے گوبر کے ایک ڈھیر پر بیٹھ گیا۔ بچّوں کو اپنی مصروفیت ڈھونڈنے میں زیادہ دیر نہیں لگی۔ ایک بہت اونچے بیمار آم کے پیڑ کی سب سے اونچی ڈال پر لٹکے ہوئے سوکھے سے کچّے آم کو توڑنے کے لیے وہ مٹی اور پتھر کے ڈھیلے اچھالنے لگے۔

وہ آم شاید بہت دنوں سے وہیں تھا۔ یا پھر ایک گر جانے پر دوسرا اُگ آتا تھا۔ بچّے لمبے عرصے سے اس پر ڈھیلے چلا رہے تھے۔ کسی کو پتہ نہیں وہ آم کبھی گرا بھی تھا یا نہیں۔ ہاں، بچّوں کی اس کوشش پر اس اسکول کے اوپر رکھی گئی ٹن کی چادریں گرتے ہوئے ڈھیلوں کی وجہ سے خاصا شور کرتی تھیں۔ کافی پتھر گر چکنے کے بعد اندر سے اسکول کے واحد ماسٹر کشن بابو کی آوازیں سنائی دیتی تھیں، 'ٹھہر جاؤ سالو!'

اس للکار کے بعد بچّے اینٹیں پھینکنا بند کر کے کسی اور کام میں لگ جاتے تھے۔

آم کے اس درخت پر پھینکے گئے دو تین ڈھیلوں کے بعد ہی اس بار ماسٹر کشن بابو کی آواز نہیں، جسم باہر آگیا۔ یہ کافی انہونی بات تھی۔ بچّے سہم کر کھڑے ہو گئے۔

'بھاگ جاؤ...' کشن بابو بھری آواز میں بولے۔ بچّے بھاگ گئے۔ کشن بابو اسکول کے اندر نہیں گئے۔ گرد اور دھوپ سے پیلیا کے مریض جیسے دِکھتے خلا میں آنکھیں گڑا کر اس طرف دیکھنے لگے جدھر سے رجّن کے چیخنے کی آوازیں آرہی تھیں۔ اب وہ چیخنے کی آوازیں نہیں کچھ ایسی آوازیں تھیں جیسے وہ گلے سے نہیں، سیدھے پھیپھڑے سے ابل کر آ رہی ہوں۔

اسکول کے آس پاس ایک دم سنّاٹا تھا۔ وہ اسکول تھا، اس بات پر شاید ہی کوئی یقین کر سکے۔ کچّے فرش اور ٹن کی چھت والے اس لمبوترے کمرے میں دوسرے

سے چوتھے درجے تک کی جماعتیں ایک ساتھ لگتی تھیں، کمرے کے تین کونوں میں۔ اور چوتھے کونے میں ایک میز کے سہارے کشن بابو بیٹھتے تھے۔ وہ اس اسکول کے مدرس بھی تھے اور پوسٹ ماسٹر بھی۔ کچھ گالیوں کے ساتھ بچّوں کو مسلسل لکھتے رہنے کا کوئی کام دینے کے بعد وہ سو جاتے تھے۔ کبھی کبھی غصّے کے ساتھ ایک پوسٹ کارڈ دینے یا خط لکھنے کے لیے انھیں جاگنا ہوتا تھا۔

جاگنے پر کشن بابو بہت تیز غصّہ ہوتے تھے۔ لیکن بہت تھوڑے وقت کے لیے۔ جاگنے والا ان کے غصّے سے پریشان ہونے کے بجائے ہنستا تھا۔ وہ عجیب کردار تھے۔ ان کے کردار کی خاصیت ہی تھی کہ وہ یا تو صرف ماسٹر کے طور پہ جانے جاتے تھے یا ڈاک خانے کے نام سے۔ پوسٹ ماسٹر لفظ ویسے بھی آسان نہیں تھا لیکن ان کے مزاج کی وجہ سے ہی لوگوں کو انھیں ڈاک خانہ کہنا اچھا لگتا تھا۔ اس کی وجہ تھی۔ خاصی مسخری وجہ۔ گاؤں والوں کو یقین تھا کہ خط ہی نہیں تار سے بھی زیادہ جلدی پہنچتی ہیں، وہ باتیں، جو کہ کشن بابو کو بتا دی جاتی ہیں۔ اسی لیے وہ ڈاک بابو نہیں ڈاکخانہ مانے جاتے تھے۔

لیکن اس میں قصور کشن بابو کا نہیں تھا۔ وہ زندگی میں شاید ہی کبھی کسی ایسی جگہ گئے ہوں گے جہاں کوئی تفریح کر سکتا ہو۔ مَن لگانے کے لیے عمر بڑھنے کے ساتھ ساتھ انھوں نے وہ طریقہ ڈھونڈ لیا تھا، جسے گندی زبان میں اکثر لوگ چغلی خانہ کہہ لیتے ہیں۔

اس چھوٹے سے گاؤں میں یہ واحد سب سے آسان اور دلفریب تفریح تھا۔ اس تفریح کی خوبی یہ تھی کہ یہ اکثر کئی روز مسلسل مَن بہلا سکتا تھا۔ پڑوس کے گاؤں میں نوٹنکی ہوتی تھی۔ اس سے آگے ایک قصبہ پڑتا تھا جس میں ایک عدد سنیما تھا۔ مگر یہ دونوں ہی بہت محدود تفریح تھے۔ اکثر سنیما یا نوٹنکی دیکھنے والے کو بعد میں ہنسی مذاق جاری رکھنے کے لیے خاصا جھوٹ بولنا پڑتا تھا جو کبھی کبھی پکڑا بھی جاتا تھا۔ مثلاً ایک بار پنڈت رادھے شیام نے ایک سنیما دیکھا اور واپس لوٹ کر بتایا، 'بڑی گندی تصویر ہے۔ اس میں کھلے عام عورت مرد گڑبڑ کرتے ہیں!

'کھلے عام گڑبڑ کرتے ہیں ؟ پڑوسیوں میں اچانک حیرانی جاگ پڑی۔
'ارے بڑے گندے ہوتے ہیں یہ، مت پوچھو،' پنڈت نے تھوکا بھی۔
'مگر ہوتا کیا ہے؟' بے چین پڑوسیوں نے اچانک کلپنائیں کرنی شروع کر دیں۔
'ارے کیا نہیں ہوتا، پوچھو۔ رنڈیاں ہوتی ہیں، کچھ بھی کر سکتی ہیں'؛
'مطلب کپڑے وپڑے سب اتار کر... ؟
'لو، اس للو کی سنو'؛

سب نے یقین کر لیا کہ پردے پر پنڈت رادھے شیام وہ کچھ دیکھ کر آئے ہیں جو نایاب ہوتا ہے اور وہ بھی اتنے خوبصورت سجے دھجے لوگوں کے بیچ ہوتا ہوا۔

ایک دوسرے کو بغیر بتائے اچانک کئی لوگ اگلے دن گاؤں سے غائب ہوئے اور جب واپس ہوئے تب پنڈت رادھے شیام کو اس سے بھی زیادہ گندی گالیاں دے رہے تھے، کیوں کہ پردے پر انھوں نے جو دیکھا تھا اس میں بستر پر جانے سے پہلے ہیرو اور ہیروئن کپڑے اتارتے ضرور دِکھے لیکن صرف کپڑے ہی۔ ہیرو ہیروئن نہیں دکھے۔ ان کے اتارے کپڑوں کا ڈھیر بن گیا تو گاؤں والوں نے حیرانی سے سانس روک لی۔ وہ سمجھے کہ اب بستر پر دونوں دکھائی دیں گے لیکن پردے پر فوراً اندھیرا ہو گیا اور جب اجالا ہوا تو لوگ ہیروئن کے باپ سے شکایت کرنے جاتے دِکھے۔

ایسے ماحول میں بہترین تفریح کشن بابو دے سکتے تھے، 'ارے بھئی سنا؟ نہیں سنا؟ چھوڑو، تب تمھیں بتانے سے کیا فائدہ ؟'

کشن بابو کے اس ڈائیلاگ کو سننے والا تجسس سے زیادہ شرمندہ ہوتا تھا کشن بابو فوراً یہ بھی کہہ دیتے تھے، '' سارا گاؤں جانتا ہے، تمھیں کیسے انجان بنتے ہو؟ مجھے تو اسکول کو دیر ہو رہی ہے'؛

یہ ڈائیلاگ بولنے کے بعد کشن بابو اسکول کی طرف چل بھی پڑتے تھے۔ ایسی حالت میں وہ جملہ سننے والا اس شبہ سے لگ بھگ بوکھلا جاتا تھا کہ کسی بے حد دلفریب قصّے کی حصّے داری سے وہ محروم رہ جائے گا۔ تب وہ یکایک آرزو مند ہو جاتا تھا بلکہ چاپلوس۔ حیرانی سے چکنی آنکھوں سے اِدھر اُدھر تاکتا ہوا کشن بابو سے سٹ

جاتا تھا۔ 'قسم سے ڈاکخانہ بابو، ادھر ہم ایسے پھنسے کہ پوچھو مت'۔
'تو پھر پھنسے رہو بچو۔ میں تو مصیبت میں پڑتا نہیں۔ سارا گاؤں جانتا ہے نندو کی گھر والی کا قصہ...'
اس کے بعد کشن بابو وہاں ٹھہرتے نہیں تھے۔ دھیرے دھیرے اگلے دن تک گاؤں کا ہر مرد چھوٹا موٹا کشن بابو بن جاتا تھا۔ وہ یہ ثابت کرنا چاہتا تھا کہ نندو کی گھر والی کے حادثے کی رونمائی کرنے والا وہی ہے۔ یہ ثابت کرنے میں وہ قصے کو اپنی تخیل کے پورے زور سے گڑھنے کی کوشش کرتا تھا۔ اس قصے کو سننے والا اسے اپنا بنیادی اجرا منوانے کے لیے اگلے آدمی کو اپنی طرف سے خاصا نمک مرچ لگا کر سناتا تھا۔ اس طرح وہ قصہ جو بھی رہا ہو، کئی روز تک طرح طرح کے روپ لیتا ہوا لگ بھگ پورے گاؤں کی تفریح کا سامان بنا رہتا تھا۔

اس تفریح میں لوگوں کا من بہلانے کی خاصی ہی قوت تھی لیکن یہی گاؤں کی گڑبڑی کی جڑ بھی تھا۔ گڑبڑی کہیں رادھے کی سالی کی ہو نام رگھونندن کی بہو کا چل پڑتا تھا اور اس طرح جو جھگڑا اٹھ کھڑا ہوتا تھا وہ اکثر اور زیادہ تر دلفریب ہوتا تھا۔ تفریح کا دائرہ پورا ہوتے نہ ہوتے معلوم ہوتا تھا کہ رگھونندن نے منسا کو پیٹ دیا اور منسا نندو کو گالی دے آیا یا نندو نے رادھے پر اینٹ پھینک ماری۔ یہ جھگڑا جلدی شانت نہیں ہوتا تھا کیوں کہ جھگڑا جلدی ٹھنڈا پڑ جائے تو اس میں بھی تفریح کے حصے کا ہی نقصان ہوتا تھا۔ جب نندو رادھے کو اینٹ مارتا تھا تو رادھے گوپال کی چاچی کا بھید کھول دیتا تھا اور رگھونندن سے پٹنے والا منسا ٹنگو کے گھر کا پردہ اکھاڑ دیتا تھا۔ اس طرح جتنی دیر یہ جھگڑے چلتے تھے تفریح کے سامان کے ممکنات بڑھتے جاتے تھے۔ اسی لیے لوگ ایک طرف تو دو آدمیوں کو سمجھا بجھا کر چپ کراتے تھے، لیکن کوئی ایسا سرا بھی چھوڑ دیتے تھے جس سے اگلے چار کے بیچ شام تک دوبارہ فساد کھڑا ہو جائے۔
اس گاؤں میں بے حد لاپروائی لیکن دلچسپی کے ساتھ کھیلے جا رہے اس کھیل میں کچھ ایسی پراسرار طاقت بھی تھی کہ لگتا تھا یہ کھیل خود گاؤں کو کھیل رہا ہے، ڈوری

سے بندھی اس گراری کی طرح جو دھاگے سے کھلتی ہوئی جتنی تیزی سے نیچے اترتی ہے اتنی ہی پھرتی سے دھاگے کو لپیٹتی ہوئی دوبارہ اوپر چڑھ جاتی ہے۔

گاؤں کا دن اپنی تمام بدحالی کے باوجود اتنا بُرا نہیں ہوتا، بلکہ اس میں کچھ ایسا ہوتا ہے جو آدمی کو اپنی طرف کھینچتا ہے، اپنے سے جوڑتا ہے، چاہے وہ تالاب میں سڑنے کے انتظار میں چھوڑے سَن کے پودوں کا گٹھر ہو یا پانی مانگتا ہوا تمباکو کا پودا، لیکن رات ویسی نہیں ہوتی ہے۔ گاؤں کی رات میں ایک بے نام دہشت ہوتی ہے۔ اندھیرے کے ساتھ خوف سخت روئیں آدمی سے ایسے سٹنے لگتے ہیں جیسے کوئی آدم خور سونگھنے کی کوشش کر رہا ہو۔ ایسے میں آدمی یا تو آگ کے اردگرد آدم قبیلے کی طرح وقت گزارتا ہے یا مٹی کے گھروں کی گپھاؤں میں سمٹ جاتا ہے۔

گاؤں کے دن اور رات کا یہی فرق اس دلچسپ کھیل کے دو پہلوؤں کے بیچ بھی تھا — ایک پہلو لوگوں کے مزاج کا اور دوسرا اس سے پیدا ہونے والی سماجی الجھن کا۔ بڑے انجانے اور انچاہے ہی اس دوسرے پہلو کی گانٹھیں بڑھتی گئی تھیں کبھی کبھی وہ گانٹھیں اتنی سخت ہو جاتی تھیں کہ کسی لاعلاج رسولی کی طرح بنا کچھ جانیں لیے مانتی نہیں تھیں۔

اس گاؤں نوین میں پچھلے کچھ عرصے سے ایسی ہی رسولیوں نے زبردست درد اور تناؤ پیدا کر دیا تھا۔ رشتوں کی یہ رسولیاں کب جان لیوا ہو جائیں، یہ کوئی نہیں جانتا۔ لیکن پچھلے سال زبردست سردیوں میں چیونٹیوں سے لپٹی ننھے کی لاش کے ساتھ خاصی گڑبڑی شروع ہو گئی۔ اور ان رسولیوں کی سڑن رجّن اور ننھکو سے کیسے جُڑ گئی اس کا مستقبل بھی اتنا ہی غیر مدلّل ہے جتنا ننھے کی لاش سے پیدا ہوئی گڑبڑی کا۔

ایسا کسی نے کہا کہ ننھے مارا گیا ہے اور اس کے مارے جانے کے پیچھے ہوری لال کی چھوٹی بہن کا کوئی قصّہ ہے۔ ہیرا لال نے کچھ نہیں کہا لیکن اس کے چھوٹے بھائی نے سنتو کو لاٹھیوں سے اس لیے بری طرح پیٹ ڈالا کہ اس کا خیال تھا یہ بات سنتو نے ہی اڑائی ہے۔

سنتو کو دوبارہ ہوش نہیں آیا۔ اُسے چوں کہ رات کے اندھیرے میں ہوری لال کے بھائی نے اکیلے گھیر کر مارا تھا اس لیے حملہ آور یا حملہ آوروں کا پتہ نہیں چلا لیکن

ایک بات بہت تیزی سے پھیلی یا پھیلائی گئی۔ کسی نے کہا، 'سنتو ڈکیت تھا اور چوں کہ وہ ڈکیت تھا اس لیے مدن لال کے گروہ والے اس کی موت کا بدلہ لیں گے'۔

ممکن ہے یہ بات کشن بابو نے ہی پھیلا دی ہو لیکن اس سے اور زیادہ معاملہ الجھ گیا کہ مدن لال برساتی رام کا دشمن تھا۔ ضرور مدن لال اپنے گروہ کے ساتھ لالا برساتی رام پر چڑھائی کرے گا۔

اتنا کچھ ہو جانے کے بعد ننّھو اور رجّن کا کردار شروع ہوا۔ سارے حادثے میں وہ اس آسانی سے جڑ گئے جیسے وہ ہمیشہ سے اس سب کا حصّہ بننے کا حق پاکر آئے ہوں۔ وہ جڑے ہوئے نہ دکھتے تو ضرور انہونی بات ہوتی۔

ننّھو اور رجّن نوبن کے خاص کردار تھے۔ ان کی اس خصوصیت کو لگ بھگ ہر کوئی جانتا تھا لیکن وہ جانکاری بھی اسی تفریح کا حصّہ تھی جس میں عورت مرد کے تعلقات تھے۔

وہ دونوں ہی مخبر تھے۔ دونوں سگے بھائی تھے لیکن آپس میں گہری دشمنی تھی۔ رجّن ڈکیتوں کا مخبر تھا اور ننّھو پولس کا۔ ایسا لوگوں کا خیال تھا۔ مگر ننّھو کچھ زیادہ چالاک تھا۔ وہ ڈکیتوں کے لیے بھی مخبری کرتا تھا۔ ڈکیتوں کے کہیں موجود ہونے کی اطلاع پولس کو دینے کے بعد وہ اتنی ہی پھرتی سے ڈکیتوں کو یہ خبر بھی پہنچا دیتا کہ پولس کو ان کے بارے میں خبر ہو گئی ہے۔ چوں کہ اکثر دونوں ہی باتیں سچ ہوتی تھیں اس لیے ننّھو اس کام میں کہیں زیادہ کامیاب تھا۔

شروع میں یہ کام بہت ڈراتا تھا، خاص طور سے ننّھو کو۔ رجّن بھی شروع میں ڈرا تھا۔ وہ جانتا تھا کہ جس دنیا میں وہ رہ رہا تھا وہاں کی بہترین تفریح کانا پھوسی خطرناک حد تک راز کھولنے والا اوزار تھا۔ بہت جلد ہی ہر کسی کو معلوم ہو جاتا تھا کہ نوبن میں کوئی اکیلا شخص چپ چاپ کہاں، کیا کر آیا۔ پہلی بار میر پور کی شادی میں آئے سونے کے زیورات کی خبر رجّن نے جب مدن لال کو پہنچائی تو واپس آتے وقت ڈرا۔ لیکن جلد ہی اسے معلوم ہو گیا کہ چونکہ اس کا تعلق ڈکیت مدن لال سے مانا جا رہا ہے اس لیے لوگ اس سے بھی لگ بھگ ویسا ہی خوف کھانے لگے ہیں، جیسا ڈر وہ خود مدن لال سے محسوس کرتے تھے۔

نتھو نے پولس کی مخبری کچھ حد تک رجّن سے چڑھ کی وجہ سے کی تھی۔ ایک دن وہ جنگلی لتار سے کالی موٹی پھلیاں توڑ کر لوٹ رہا تھا جن کے اوپر چپکے رویئں بے حد کھجلی پیدا کرتے تھے۔ وہ کھجلی پیدا کرنے والے ان شاخوں کو محض ایک شرارت کے لیے لا رہا تھا۔ تبھی اس نے رجّن کو ایک بالکل نئے روپ میں دیکھا تھا۔ وہ خاصی شراب پیے ہوئے تھا اور گڑ میں چنے کی دال ملا کر بنائی مٹھائی کا بھاری سا ٹکڑا انگوچھے میں باندھے تھا جس کا ایک سرا بولتے اشتہار کی طرح باہر جھانک رہا تھا۔ رجّن کی اس دن پہلی اچھی آمدنی ہوئی تھی۔ حالاں کہ یہ آمدنی آسان نہیں تھی پھر بھی وہ بہت خوش تھا۔

اس کے صرف تین دن پہلے یہ سلسلہ شروع ہوا تھا۔ رجّن ایک دوست کی بارات سے لوٹ رہا تھا۔ اس نے کرتے کے اوپر پہننے والی صدری رادھے سے مانگ لی تھی اور کرتے دھوتی کو دھولیا تھا۔

اس کے جوتے میں گھوڑے کی جیسی نال جڑی ہوئی تھی، جس کی وجہ سے چلتے وقت بڑی شاندار آواز ہوتی تھی۔ سر پر ٹوپی لگانے کے بعد اس نے ایک لاٹھی بھی لے لی تھی۔ اس طرح چلتے ہوئے وہ اپنے کو خاصا اہم سمجھنے لگا تھا۔ لوٹتے لوٹتے وقت رات ہوگئی تھی۔ سڑک کے دونوں طرف کھڑے کالے درختوں کے بیچ سے چھن کر چاندنی کے چھوٹے بڑے دھبّے سڑک پر دور تک پھیلے ہوئے تھے۔ اس سونی سڑک پر چاندنی کے وہ دھبّے کچلتے ہوئے آگے بڑھنے پر جوتوں سے جو آواز ہوتی تھی اس کی تال پر وہ گانا بھی گانے لگا تھا۔

اس کی خواب آلودہ حالت بہت ہی بے دردی سے ٹوٹی۔ بہت بدتمیزی سے اُسے للکارتے ہوئے اپنے چہرے لپیٹے جن ایک درجن لوگوں نے اُسے اچانک گھیر لیا تھا انھوں نے نہ صرف اسے گالیاں ہی دیں بلکہ ان میں سے ایک نے اس کی کمر کے پاس لاٹھی بھی دے ماری۔ اس حملے میں چوٹ سے زیادہ بے عزّتی کی وجہ سے وہ رو پڑا۔

اُسے گھیرنے والے لوگ ڈکیت تھے۔ اپنی حیثیت بتانے کے بعد انھوں نے

اُسے اور پیٹا اور جب اپنی کارکردگی سے مطمئن ہو گئے تو انھوں نے اس سے کہا کہ اس کے پاس جو کچھ بھی ہو، چپ چاپ حوالے کر دے ۔

حوالے کرنے لائق رجّن کے پاس صرف ڈیڑھ روپے تھے، کچھ میٹھائی بھی تھی۔ اتنی لوٹ سے ڈکیت بہت زیادہ چڑھ گئے اور انھوں نے اُسے پھر پیٹا ۔ بلکہ ان میں سے ایک چلّایا، ' مار کر پھینک دو سالے کو ۔'

رجّن روتا ہوا بولا، ' مجھے مار کر کیا ملے گا دادا ..'

' ابے تو پھر کس کو مار کر ملے گا ؟ ایں ؟ '

اسی گفتگو سے رجّن کے لیے ایک نیا راستہ کھل گیا۔ اس نے منّا ساہو کا پتہ دے دیا اور یہ بھی بتا دیا کہ پیسے ادھار لینے کے لیے لوگ جو زیور گروی رکھتے تھے، انھیں وہ بھوسے والی کوٹھری میں رکھتا تھا۔

' سالے، اگر وہاں کچھ نہ ملا تو کاٹ کر پھینک دیں گے ' انھوں نے جاتے جاتے اسے دھمکی دی اور تھوڑا سا اور پیٹا۔

یقیناً ڈاکوؤں کو منّا ساہو کے یہاں خاصا مال ملا ہوگا کیوں کہ تھوڑے عرصے بعد انھیں میں سے دو نے جانے کیسے اسے پھر ڈھونڈ لیا تھا۔ رجّن ڈر کر دوبارہ پٹنے کے لیے ہمت جٹا رہا تھا کہ انھوں نے اپنی تجویز رکھ دی۔

صحیح اطلاع دینے اور اس اطلاع سے فائدہ ہونے پر بیس روپے ملتے تھے اور دیسی شراب کے ساتھ عمدہ کھانا۔

اور یہ ساری عیّاشی، نئے روزگار کی ساری باریکیاں نوین کے ہر آدمی کو معلوم ہو گئی تھیں ۔ انھیں سے غصّہ ہو کر ایک دن ننّھو نے یہ سب کچھ پولس کو بتا دینے کا فیصلہ کر ڈالا تھا۔

بہانہ بنا کر طویل سفر کرنے کے بعد جب ننّھو تھانے پہنچا تو اُسے لگا وہ وہاں ناحق آ گیا تھا۔ پولس کے پاس جانے کی بات سوچنا اس کے لیے آسان تھا لیکن اس سے سامنا کرتے وقت وہ واقعی گھبرا گیا۔ اسے لگا، رجّن وہ خود تھا اور اپنے آپ کو یہاں سونپنے آیا تھا۔ تھانے کا چھوٹا داروغہ اسے سامنے ہی کھڑا مل گیا تھا۔

وہ کھانا کھا کر اٹھا تھا اور دانت کھودنے کے بعد پیڑ کے نیچے چارپائی پر تھوڑی دیر سو لینے کی تیاری میں تھا۔ اس کے سامنے پڑتے ہی نتھو کی شکل کسی ملزم جیسی ہو گئی اور اس کا گلا بالکل خشک ہو گیا۔

'کون ہے بے؟ یہاں کیا کر رہا ہے؟' داروغہ نے دانت سے نکلی ساگ کی پتی زور سے تھوکی۔

'حضور، آپ کی خدمت میں آیا تھا،' نتھو نے کسی طرح کہا۔

داروغہ نے اسے تیکھی نگاہ سے گھورا۔ پھر چیخ کر مٹی پر پانی چھڑکتے سپاہی سے بولا، 'ابے اسے دیکھ تو ادھر لے جا کر۔ خاصی حرامی چیز لگ رہا ہے۔'

سپاہی نے بھی اسے اسی طرح گھورا تھا۔ تھوڑی دیر باریکی سے اس کا معائنہ کرنے کے بعد بانہہ کے پچھلے حصّے پر پنجہ گڑا کر وہ اسے اندر کی طرف لے گیا تھا۔ اندر پہنچتے ہی نتھّو کے کچھ کہنے سے پہلے سپاہی نے اُسے اپنی طرف ہتھلے کی طرح گھمایا اور چھاتی کے بیچوں بیچ اس طرح بغیر کسی جوش کے گھونسا مارا گویا وہ کسی بالو کے بستے پر گھونسے بازی کی مشق کر رہا ہو۔ گھونسا مارنے کے ساتھ ہی اس نے اسلٹے ہاتھ سے اس کی کنپٹی پر ایک تھپڑ بھی مارا۔ نتھو تھوڑا جھک گیا تھا لیکن تھپڑ پڑتے ہی الٹ کر دیوار کے پاس جا گرا تھا۔

یہ رجّن یا نتھّو ہی نہیں نوبن کے ہر چھوٹے آدمی کو معلوم تھا کہ شہ زور سے گفتگو شروع ہونے کی زبان عام طور پر یہی ہوتی تھی۔ اس لیے پہلی مار کی گھبراہٹ پر اس نے جلدی ہی قابو پا لیا، 'حضور، داروغہ صاحب، میں تو بڑی ضروری خبر دینے آیا تھا۔'

اس پر سپاہی پچھ جھجکا لیکن ایک زوردار ٹھوکر اور مار لینے کے بعد ہی اس نے پوچھا، 'سالا، خبر لایا ہے۔ کیا خبر لایا ہے؟ ایں؟'

'حضور، وہ ڈکیت...'

'ڈکیت؟ کیا ڈکیت؟'

'حضور، ڈکیت ہری رام کل ڈاکہ ڈالنے والا ہے۔'

'اس کی سنو،' سپاہی جیسے دیواروں سے ہی بولا، 'تیرے پاس سالے

ہے ہی کیا کہ ہری رام تجھے لوٹے گا۔ مکاری کرتا ہے۔ سالا، کسی بے گناہ کو پھنسانا چاہتا ہے، تیری تو...،

یہ کہہ کر سپاہی نے اسے تھوڑا اور پیٹا۔

'مگر میری بات تو سن لیجیے حضور۔ بعد میں پھانسی پر چڑھا دیجیے گا۔ ہری رام کندن کو لوٹنے آئے گا،' ننھو نے کسی طرح کہا۔ یہ اطلاع بھی اُسے خود رجن کی حرکتوں سے مل گئی تھی۔

سپاہی نے اُسے اس بار پیٹا نہیں، صرف کچھ فحش سی گالیاں دیں اور دھکا دے کر داروغہ کے پاس لے آیا۔

'اب کیا تکلیف ہو گئی رجی؟' داروغہ ناراض ہو گیا۔

'یہ حرامی کہتا ہے کہ ہری رام کل رات کندن کے گھر پر ڈاکہ ڈالے گا،'

'مارو سالے کو، اور بند کر دو،' داروغہ نے حکم دیا۔

ننھو سچ مچ ہی تھوڑا اور پیٹا اور حوالات میں بند کر دیا گیا۔ لیکن دوسری رات ڈاکہ پڑ گیا۔ ڈاکہ بہت بری طرح پڑا۔ اس رات کندن کا سالا بھی آیا ہوا تھا۔ وہ خام پور کے تھانے میں منشی تھا۔ اس نے ڈاکوؤں سے تھوڑی سی پولس کی شیخی مارنے کی کوشش کر دی۔ بلکہ ہری رام کے ایک ساتھی کو پکڑ کر پٹک بھی دیا۔ اس کے بعد ہری رام فلموں والا ڈاکو بن گیا۔ اس نے بری طرح لوٹا بھی اور چلتے چلتے قطار سے کھڑا کر کے گھر کے چار مردوں کو گولی بھی مار دی۔ مرنے والوں میں وہ منشی بھی تھا۔

تھانے پر یہ خبر پہنچتے ہی ننھو چھوڑ دیا گیا۔ اب وہ پولس کا قابلِ اعتماد مخبر بن چکا تھا۔

مارے جانے والوں میں سے چوں کہ پولس کا منشی خود تھا اس لیے جلدی ہی پولس نے ننھو کو دوبارہ ڈھونڈ لیا۔

یہاں سے اس کھیل نے ایسا موڑ لے لیا جو کہیں رجن اور ننھو دونوں کی زندگی سے جڑتا تھا۔ حالاں کہ اس کام میں آمدنی بہت اچھی نہ تھی لیکن کچھ کام تو چل ہی جاتا تھا۔ سب سے بڑی بات تھی کہ ایک خاص قسم کی مصروفیت کا احساس۔

مخبری کے اس دھندے کی شروعات جہاں ننھو اور رجّن کی آپسی دشمنی سے ہوئی تھی وہاں اس میں ترقی کے عمل نے دونوں کو دھیرے دھیرے ایک دوسرے کو اس طرح قریب لانے لگی کہ وہ کافی حد تک ایک دوسرے کے معاون ہو گئے۔ ننھو کی پولس تک پہنچائی جانے والی خبریں اکثر رجّن سے ہی ملنے لگیں کیوں کہ پولس کارروائی کے بارے میں ڈاکوؤں تک پہنچانے والی خبریں رجّن ننھو سے لینے لگا۔

یہ بھی مزے کی بات تھی کہ اس بے حد مشینی انداز میں ہونے والی مخبری سے مخبر تو خوش تھے ہی پولس اور ڈاکو بھی خوش تھے۔ دراصل ان مخبروں کی وجہ سے دونوں کی آسانیاں بڑھ گئی تھیں۔ پولس یا ڈاکوؤں میں سے دونوں کو پتہ لگ جاتا تھا کہ کون، کہاں، کب اور کیا کرے گا۔ ڈاکو آتے تھے اور اطمینان سے لوٹ کر چلے جاتے تھے۔ پھر پولس آتی تھی۔ وہ ان اڈوں پر چھاپے مارتی تھی جہاں سے ڈاکو پہلے ہی بھاگ چکے ہوتے تھے۔ پولس شراب کی خالی بوتلیں اور ادھ جلی سگریٹیں سیل کر کے لوٹ جاتی تھی۔ مہم دونوں میں سے کسی کے ناکام نہیں ہوتے تھے۔

مگر اس بیچ ایک بھاری گڑبڑی ہو گئی۔ ایک منتری کا بھائی اپنے خاندان کے ساتھ موٹر پر رات کے وقت شکار سے لوٹ رہا تھا۔ موٹر روک کر ڈاکوؤں نے انھیں مار دیا اور جو ملا وہ لوٹ لے گئے تھے۔ یہ معاملہ بہت گمبھیر تھا اور پولس اور ڈاکوؤں کو ہی نہیں ننھو اور رجّن کو بھی پتہ لگ گیا تھا کہ یہ معاملہ آسان نہیں ہے۔

ننھو پوٹلی میں بندھی ادھر کی پھلیاں بیوی کو سونپ دینا چاہتا تھا اور اگلی کسی کارروائی سے پہلے ہی گاؤں سے باہر کہیں غائب ہو جانا چاہتا تھا۔ اس نے مکان کے پیچھے والے دروازے پر ہاتھ رکھنا ہی چاہا تھا کہ اسے لگا اندر کوئی ہے۔

کیا اندر پولس والے ہیں؟

تھوڑی دیر اپنے آپ کو مطمئن کر کے اس نے دروازے کی جھری سے اندر جھانکنے کا فیصلہ کیا۔ یہ کام آسان تھا۔ اسے معلوم تھا کہ پچھلا دروازہ بے حد آواز کرے گا، ذرا سا چھونے ہی۔ آوازیں اسے صاف سنائی دے رہی تھیں، وہ کچھ عجیب طرح کی تھیں۔

آخراس نے بڑی احتیاط سے دروازے کی شگاف سے اندر کی طرف جھانکا۔ وردیاں تو وہی تھیں۔ یقیناً وہی جو پولس والے پہنتے ہیں لیکن مدن لال کو پہچاننے میں اسے بھول نہیں ہوئی۔ عجیب بات تھی، وردیاں دونوں کی ایک ہی ہوتی تھیں پھر مخبری اتنی الگ کیوں تھی؟

اُسے زیادہ سوچنے کا وقت نہیں ملا کیوں کہ تھوڑا سا کنارے پڑی چارپائی پر جو کچھ ہو رہا تھا وہ دیکھ کر نتھو یکایک سوکھ کر بدرنگ ہو گیا۔

فرش پر مدن لال اپنے کچھ ساتھیوں کے ساتھ بیٹھا ہوا منہ بھر بھر کر کچھ کھا رہا تھا اور چارپائی پر بنا کسی کپڑے کے اس کی بیوی اس طرح چت لیٹی تھی جیسے برسات کے موسم میں منائے جانے والے تہواروں میں چوراہے پر ڈال کر چھڑیوں سے پٹی پھٹی گڑیا۔

وہ دروازے سے ہٹ گیا۔ اندر کی آوازیں بہت زور سے اس کے دماغ میں بج رہی تھیں۔ جھک کر اس نے چپ چاپ وہ پھلیاں وہیں دھوپ میں رکھ دیں اور لوٹ گیا۔

اس بار کھیل نہیں سچ۔ وہ لوگ یہاں ہیں اور ابھی رہیں گے۔ مدن لال کا پورا گروہ۔ بھلے ہی پولس آئے اور اس کی بیوی کو اس بے ہودہ حالت میں دیکھ کر مزے بھی لے لیکن پولس کو آنا ہوگا۔

کترانے کے بجائے وہ سیدھے ٹیلے کی طرف چل پڑا۔

رجّن کے چیخنے کی آواز پھر آنے لگی تھی لیکن اس کے ساتھ کشن بابو نے بچوں کو مہاتما گاندھی والا پاٹھ زور زور سے پڑھانا شروع کر دیا تھا۔ آج بہت دن بعد وہ اس طرح پڑھا رہے تھے، شاید رجّن کی چیخوں کی طرف سے دھیان ہٹانے کے لیے۔

بخار کی طرح زمین اور آسمان کو کنپاتی گرمی میں جب نتھو ٹیلے کے دوسری طرف اترا تو پلکوں پر بیٹھ گئی لُو کے دھندلکے میں اس نے رجّن کو بعد میں دیکھا، پولس نے اسے پہلے دیکھا۔

رجّن بنا کسی کپڑے کے دھوپ میں زمین پر لیٹا تھا یا لوٹ رہا تھا اور ایک

سپاہی لاٹھی کا سرا اور اس کی جانگھوں کے بیچ رہ رہ کر کونچ رہا تھا جیسے پانی کی تلی ناپ رہا ہو۔

نتھو پر نظر پڑتے ہی وہاں وہ سب تھم گیا۔ نتھو کچھ اور تیز قدم بڑھا کر ان لوگوں تک گیا اور نگاہ ملائے بغیر دھیرے سے ایک سپاہی کے کان میں بولا، مدن لال پورے گروہ کے ساتھ میرے گھر میں چھپا ہے۔ جلدی کیجیے حضور...'

'یہ حرامی کیوں آیا؟' داروغہ نے دور سے ہی پوچھا۔

سپاہی نے پھرتی سے پاس جاکر داروغہ کو وہ بات بتائی۔ داروغہ تھوڑی دیر اس طرح گم صم ہو گیا جیسے وہ کسی بہت مشکل مہم کی تیاری کرنے لگا ہو۔ پھر اچانک اٹھ پڑا۔ اس نے چیخ کر جیپ والے کو پکارا اور سپاہیوں سے بولا 'اس ملزم کو جیپ میں ڈالو اور اسے بھی بٹھالو، جلدی کرو،' اس نے نتھو کی طرف اشارہ کیا۔

نتھو کو اور کسی وقت یہ ٹھیک نہیں لگتا لیکن ابھی جو کچھ اس نے دیکھا تھا اس کے بعد خود پولس کی جیپ میں بیٹھ کر نتھے ہی سہی، گروہ تک جانے میں شرم نہیں رہ گیا تھا۔ وہ خود ہی جیپ کے پچھلے حصے میں بیٹھ گیا۔

رجّن کو سیٹوں کے درمیان ڈال کر سپاہی بہت پھرتی سے جیپ میں آ بیٹھے۔ داروغہ کے بیٹھتے ہی جیپ روانہ ہوگئی۔

'چکّر سے لو۔ اُدھر ببول کے جنگل کی طرف سے نکلو،'

جیپ گاؤں کے پیچھے کی طرف گئی ضرور لیکن لو بن کی طرف مڑی نہیں بلکہ تھوڑی دور ہی نکل گئی۔ نتھو نے اس بات پر دھیان دیا لیکن اس نے سوچا کہ شاید پولس اپنے ڈھنگ سے ڈاکوؤں کو گھیرنے کی کوشش کر رہی ہے۔ تبھی داروغہ بولا، 'روکو،'

جیپ رک گئی۔ اس نے رجّن کی پسلی پر جوتے کی نوک چبھا کر کہا، 'اسے کہو اترے۔ نہ اترے تو نیچے پھینک دو،'

اس طرح کا آدمی شاید زیادہ ہی مضبوط ہو جاتا ہوگا۔ کیوں کہ سپاہیوں کی تھوڑی سی کوشش سے رجّن نہ صرف نیچے آگیا بلکہ لڑکھڑاتا ہوا کھڑا بھی ہو گیا۔

'تو بھی نیچے اتر،' داروغہ نے نتھو کو ڈانٹا۔ ڈانٹ سے تھوڑا شرمندہ ہو کہ

نتھو بھی نیچے اتر آیا۔

اس کے نیچے اترتے ہی داروغہ چیخا: 'بھاگ، فوراً بھاگ!'

نتھو سمجھ نہیں پایا۔

'ابے، تم لوگ بھاگتے ہو یا نہیں۔ لگاؤں مار؟' داروغہ چیخا۔

نتھو پہلے تو پیچھے ہٹا پھر بہت دھیمی چال میں بھاگنے لگا۔ اب چوں کہ اُس کی پیٹھ جیپ کی طرف تھی اس لیے وہ کچھ دیکھ نہیں سکا۔ صرف اسے رجن کی ایسی دردناک آواز سنائی پڑی جیسے وہ بھیک مانگ رہا ہو اور اُسے دیکھنے کے لیے سر گھمانے سے پہلے ہی اس نے کان پھاڑ دینے والی گولی کی آواز سنی۔ وہ پیچھے مڑ کر دیکھنا چاہتا تھا لیکن تبھی اسے جیسے کسی نے پیچھے سے خطرناک دھکا دیا اور سامنے سینے کے پاس گوشت کا لوتھڑا سا لٹک آیا۔ وہ ڈگمگایا اور نیچے گر گیا۔ پرندے اڑ کر زبردست شور کرنے لگے۔ گرنے کے بعد جانے کیا ہوا کہ اس کا درد بالکل خاموش ہو گیا۔

جیپ پیچھے ہٹی اور واپس چلی گئی۔ دونوں لاشیں وہیں پڑی رہیں۔ جانے کب پولس والے ان کے پاس ایک زنگ آلود طمنچہ پھینک گئے تھے۔ پرندے تھوڑی دیر میں پھر شانت ہو گئے، لیکن اس اداس پرندے کی آواز اسی طرح سنائی دیتی رہی ...اٹھو پُتو۔ پُور، پُور، پُور——

گووند مشر

پھانس

رات بہت نہیں ہوئی تھی، لیکن پوس کی اندھیاری گاؤں کے اوپر لٹک آئی تھی۔ ... نچلی تہہ میں جمے ہوئے دھوئیں کی نیلی نیلی چادر، آج رام پورا کی ہاٹ تھی، آج کے روز اس گاؤں اور آس پاس کے دوسرے گاؤں کے لوگ ہفتے بھر کی خرید و فروخت کے لیے رام پورا نکل جاتے اور بیاری کے وقت تک ہی گاؤں لوٹتے تھے، پیدل، سائیکل یا بیل گاڑی پر۔

وہ دو تھے۔ کڑک پھرتیلے جوان۔ اندر پھائیں پھائیں کرتا تناؤ، بے چینی جسے انھوں نے ایسے باندھ لیا تھا، جیسے پھر پھر کرتے کُرتے کو پھینٹے سے باندھ لیتے ہیں، ایک دم کسے ہوئے ... وہ دروازے پر آ کھڑے ہوئے، پھر سدھے ہاتھوں سے انھوں نے باہر کی سانکل کھڑکائی اور اندر کی طرف کان لگا دیے۔ ان کا انداز سہی تھا، گھر میں صرف پلٹو اور اس کی ماں تھے، پلٹو کی ماں کی آواز گھر کے کسی اندرونی کونے سے اٹھی اور پھر اُن تک بڑھتی سنائی دی۔

'متائی باپ نے کچھو نام نئی رکھو کا جو بتاوت نئی بنت ...' پلٹو کی ماں بھُن بھُنا رہی تھی۔

'بھوجی، ہم ہیں جگّو ... پلٹو کے دِدّا ہاٹ میں ملے تھے، بولے گھر پہنچو، وہ پیچھے پیچھے آتے ہیں، کچھ ضروری باتیں کرنا ہے ان سے ...'

پلٹو کی ماں جب ایک دم کواڑوں تک آ گئی تب مطمئن کرنے کے خیال سے اس نے کہا، پلٹو کی ماں نے کواڑ کھول دیئے۔ اندر سے جاکر ان کے لیے دالان میں کھڑی کھٹیا ڈال دی۔ پھر انھیں بیٹھتے دیکھتی رہی۔

'کائے بھیا! کہاں کے آو ... پہلیں کبھوں نئی دیکھو؟'

'ہم دونوں شہر میں رہتے ہیں۔'

بہت جھوٹ نہیں تھا۔ کام کی تلاش میں وہ بھاگ کر شہر پہنچے ہوئے لڑکے تھے۔ کام تو شہر نے دیا نہیں، سنیما وغیرہ دکھا کر تھوڑی تیزی ضرور ہاتھوں میں تھما دی جس کے سہارے وہ خواب دیکھ سکتے تھے ... اس صدی کا خواب ... رئیس بننے کا، البتہ پکّے شہری گھاگھ وہ اب تک نہیں بن پائے تھے۔

'تو شہری بھیا آو... اب بھیا پہلے تو پلینٹ۔ پتلون والے الگ جنج جات تھے، اب تو جیئیں دیکھو پینٹ ڈانٹے پھرت رہت ... اچھا بھیا تم بیٹھو، ہماؤ تو چولہو برت۔'

پلٹو کی ماں کے رسوئی گھر میں گھستے وہ چست ہو گئے۔ اس نے اپنے ساتھی کو فٹافٹ اشارہ کیا، وہ 'بڑی ٹھنڈ ہے، بڑی ٹھنڈ ہے'، کرتا ہوا گیا اور باہر کے کواڑوں کی سانکل اندر سے چڑھا آیا، پھر نظروں کو تیزی سے اِدھر اُدھر دوڑانے لگا۔ یہ اپنا مورچہ سنبھالنے رسوئی گھر کی دہلیز پر پہنچ گیا۔

'بھوجی گُرسی کہاں ہے، تھوڑا تاپ لینے۔ بہت جاڑا ہے۔ تم بتا بھر دو۔ ہم اٹھالیں گے اور سلگالیں گے۔'

'کھٹیا کے پاس دھری۔ او تئی کنڈا دھرے۔ آگی کھود آگے دیکھو، نئی تو اپنے لے آو، ایک دو انگرا ہم دھر دیہی ...'

دوڑ دوڑ کر وہ پہلے گُرسی، پھر دو چار کنڈے رسوئی کی دہلیز پر لے آیا اور پھر وہیں بیٹھ کر کنڈے توڑ توڑ گُرسی پر رکھنے لگا۔ راکھ کے نیچے چھپی آگ تھی۔ کنڈے کے ٹکڑوں کو پکڑتے ہی دھواں چھوڑنے لگی۔ رسوئی اور آنگن کے بیچ دھوئیں کا ایک پردہ سا کھنچنے لگا۔ وہ بیٹھا بھی اس طرح کہ لگے اس کا ساتھی بھی دوسری طرف بیٹھا تاپ رہا ہے، جب کہ دراصل اس بھائی کی پکڑ میں اب تک اندر کی کوٹھریاں آچکی

تھیں اور وہ پٹھا اندر داخل ہو چکا تھا۔

'اب ہاٹ میں وہ رونق نہیں رہی جو پہلے تھی۔' اس نے پنڈلیوں کو ہتھیلیوں سے سہلاتے ہوئے کہا، جیسے انھیں آگ کی جھار دے رہا ہو۔

'اب بھیّا مانگائی تو ای تراں کی ہوگئی کہ مرٹی کا کھاے اوکا پھیرے۔ ہمائے دِدا ہرن کے دِنن میں ایسی، ہو کہ دو چار سال میں بچھون کی نئی جوڑی چو تراں پے بندھی ضرور ئیے دکھانے ...'

اس نے چابی بھر دی تھی اور اب پلٹو کی ماں چلی جا رہی تھی پٹری پر۔ وہ خود ایسے دِکھا رہا تھا جیسے اُسے تاپنے کے علاوہ دنیا میں دوسرا کوئی کام ہی نہ ہو تب، پلٹو کی ماں اپنا کام کرتی جاتی اور بولتی جاتی تھی۔ بیچ بیچ میں چولہے کے سامنے بیٹھے روٹی کھا رہے پلٹو سے بھی بات کر لیتی تھی۔

چولہے کے اندر پتلی لکڑیاں چٹر پٹر جل رہی تھیں... گرم راکھ کے ریشے اِدھر اُدھر اُڑتے ہوئے گرسی میں کنڈے پورے سُلگ آئے تھے۔ بیچ کی پھانک سے ہلکی سی لَو کبھی اٹھتیں، پھر گم ہو جاتی۔ وقت رینگ رہا تھا... یہی وقت ہے گاؤں میں۔ شہر ہوتا تو پتہ ہی نہ چلتا۔ یہاں وقت... کم بخت ماتھے پر چڑھ جاتا ہے۔ اور پھر وہیں جم کر بیٹھ جاتا ہے۔ پلٹو کی ماں کب تک ایسے بولتی رہے گی، اس سے باتیں کرتے چلے جانے کے لیے بھی باتیں چاہیے تھیں... وہ کیا تھیں اُس کے پاس؟

'بھوجی تم کس گاؤں کی ہو؟' پلٹو کی ماں کے تھمتے ہی اس نے سوال ٹھونک دیا۔

'بیرورا... او تم بھیّا؟'

'میں... میں بھی بیرورا کا ہوں۔'

'ارے... تب تو متو سا چوں، بھیّا لگت پہلیں بتا دیتے، اب دیکھوں ہم آئیں تُمائی جِجی اور تم بِجّی بھجی لگا ہیں۔ پلٹو دیکھو بے کو آہیں بیٹھے۔ تُمائے ممّا...'

اس نے ہلکی سی جھرجھری اپنے اندر اٹھتے ہوئے محسوس کی، لیکن وہ جانتا تھا کہ ان گاؤں میں تو ہر کوئی ہر کسی کا ماما، موسی، کا کا یا کا کی ہے... یہاں تک کہ ہریجن بھی ایسے ہی رشتوں سے پکارے جاتے ہیں۔ دوسرے گاؤں سے رشتے بھی اسی

طرح بیٹھائے جاتے ہیں۔ اس گاؤں کی لڑکی دوسرے گاؤں میں گئی تو یہاں کے بڑے بوڑھے اس گاؤں کے کنوئیں کا پانی بھی نہ پئیں گے۔ پورا گاؤں ہی لڑکے کا گھر ہو گیا۔ اُسے یہ سب ڈرامے بازی لگتا تھا... جن ہر بجنوں کو ماما، موسی کہتے ہیں، ان کے ساتھ بیٹھ کر بھوجن تو کرے کوئی... ؟'

' تو بھیا بیروڑا میں کیکے گھر کے آؤ ؟'

جیسے گائے نے اچانک لات جھاڑی اور اسے کھُر آ لگا ہو۔ وہ گھبرا گیا۔ جھٹکے میں کہہ گیا تھا، لیکن یہ تو مصیبت میں پھنسانے والی بات ہو گئی، اس نے سنبھالنے کی کوشش کی۔

' اب یہ مجھے کیا معلوم ... ہمارے پردادا گاؤں چھوڑ کر کانپور چلے آئے تھے، پھر پُشت در پُشت ہم سنتے چلے آئے کہ اصل میں ہم بیروڑا کے ہی ہیں۔'

' تو کا بھئی، اب ہم کیوں کے کنوئیں جا بسیں پے کہے بی تو بیروڑا کے لٔ ..... جتّی کہو ہمیں اور ہم ٹاٹھی پرسیّں دیت سو لونے دوؤ چنے جیں لے او، سا سرے میں بھیّا کھاں کھوا بے کو شکھ روز روز ملت کا... ؟'

خلا کا ایک چھوٹا گولا سا اس کے گلے میں اترا اور پھر کھینچتی ہوئی نلی میں پھیلتا، نیچے دھنستا چلا گیا۔ اچانک اس کی بولتی بند ہو گئی تھی۔ باتیں بنانا اسے بھی خاصا آتا تھا، لیکن یہ صاف ہو چکا تھا کہ یہاں وہ جتنا بولے گا، پھنستا چلا جائے گا، پلٹو کی ماں کی چکنی چپڑی باتوں میں کچھ تھا... جو مکڑی کے جالے کی طرح باریک سا کچھ اس کے چاروں طرف بُنتا چلا جاتا تھا۔ اسے اِس مایا جال سے دور رکھنا چاہیے۔ فٹافٹ کام کیا اور پھر سر سے باہر۔ پلٹو کی ماں کو وہ اب بھی ایسے دکھا رہا تھا جیسے بے حد اطمینان میں ہو لیکن اندر خوفناک خلل بلل مچی ہوئی تھی۔ اس کے ساتھی کو اب تک نکل جانا چاہیے تھا، لیکن ابھی بھی وہ کوٹھری میں گھسا ہوا پتہ نہیں کیا کھٹر کھٹر کیے جا رہا تھا۔ باہر گلی سے جوتوں کی چرمرر اور باتوں کے گچھے رہ رہ کر اٹھتے تھے۔ ایسے میں اس کی بے چینی اور بھی بڑھ جاتی۔ لوگ ہاٹ سے لوٹ رہے تھے۔ پلٹو کا ددّا کبھی بھی آ سکتا تھا، کوئی دوسرا ملنے والا بھی آ دھمک سکتا تھا۔

' تو کائے بھیا، پرسیں ٹاٹھی ؟'

'ارے جگی... اتنی جلدی کیا ہے؟'
'کائے کا جیجا کے سنگ بیٹھو کھا بے کھاں؟'
'ہاں...؟'
'ان کو بھروسو نہ کرو۔ کہوں تو بالئوں آجائیں اور کہوں تو ادھ اتّا تک نہ آئیں'۔
'بات یہ ہے کہ ہاٹ میں ہی ہم پیٹ بھر کھا آتے تھے'۔

اس نے بات کو ایسے ختم کیا جیسے چاقو سے کسی جنگلی لتر کو کاٹ رہا ہو۔ پلٹو کی ماں کی ضد اس پر جھنجھنی سی چڑھتی تھی۔ اپنے ساتھ سے تب اسے جلن محسوس ہو رہی تھی ... کم بخت کوٹھری میں کس قدر محفوظ تھا، اسے کڑھنے کے لیے یہاں رہنا پڑا۔ پلٹو کی ماں نے جواب میں کیا کہا... یہ اس نے نہیں سنا۔ یہ ضرور دیکھا کہ اس نے چولہے سے لکڑیاں نکال لی تھیں اور اس پر پانی چھڑک رہی تھی۔ بھاپ اور دھواں مل کر اوپر اٹھ رہے تھے۔ پلٹو کھانا ختم کر چکا تھا۔

وہ زور دل سے کھانسا، اپنے ساتھی کو جلدی کرنے کا اشارہ دینے کے خیال سے۔ پلٹو کی ماں اب کسی بھی لمحے رسوئی کے باہر آسکتی تھی۔ وہ باہر آنے لگے تبھی یہ لپک کر رسوئی کی کواڑ بند کردے، ور باہر سے سانکل بند کردے ... پلٹو کی ماں چلائیگی ضرور۔ اس کا چیخنا پڑوسی سنیں، اس کے پہلے ہی انھیں بھاگ لینا ہوگا۔ اگر پلٹو کی ماں باہر آگئی اور اس نے اصلی رنگ میں دیکھ لیا تو پھر خیر نہیں۔ یہاں کی عورتیں خاصی خونخوار ہیں۔ محنت کی چیز ہیں، لیکن سُنا ہے، رات کے اندھیرے میں اکیلے درانتی لیے چور کو بھگانے بھی دوڑ جاتی ہیں۔

پلٹو کی ماں نے رسوئی ایک طرف سمیٹ دی اور جوٹھے برتن دوسری طرف سرکا دیئے۔ پھر پلٹو کو کمر میں لادا اور دوسرے ہاتھ میں لالٹین اٹھاکر باہر کی طرف آنے لگی۔ یہی موقعہ تھا... جھپٹ کر اندر ہی دبوچ لے۔ ماں بیٹے دونوں کا منہ ڈھک دے ... باندھ دے اور پھر رسوئی گھر کی کنڈی باہر سے مار کر چھٹی ... اگر انھیں تھوڑا وقت اور چاہیے تھا تو وہ بھی مل جائے گا... لیکن وہ بیٹھا کا بیٹھا رہ گیا۔ اندر کچھ سوکھ گیا تھا۔ جیسے یہ سب وہ پلٹو کی ماں کے ساتھ نہیں کرسکتا تھا۔ اس عورت میں کچھ تھا کہ کسی طرح کے تشدد کا جذبہ پنپ ہی نہ پاتا۔ وہ سوچنے لگ جاتا تھا

اور پھر سوچتے سوچتے ہی اس کا خون سرد ہو جاتا تھا۔ اُسے لگا، وہ اپنے ساتھی کے ساتھ دغا کر رہا ہے، اسے پریشانی میں ڈال دے گا۔ پلٹو کی ماں کو گھیرے رہنے کی ذمہ داری اس کی تھی۔ اُسے کیا وہ مستعدی سے نبھا رہا ہے؟ لیکن اس کا ساتھی بھی تو سالا کب سے گھس گھس کیے جا رہا ہے۔ یہ نہیں کہ تڑاخ پھڑاک ... اس کی طبیعت بکبکانے کو ہو آئی۔ بکبکاہٹ کچھ اس حالت کو لے کر تھی، کچھ اپنی لاچاری پر۔ اس نے خود کو سنبھالا ... اور کچھ نہیں تو پلٹو کی ماں کو ویسے ہی گھیرے رہے جیسے اب تک کرتا رہا ہے۔

پلٹو کی ماں دالان میں پہنچ گئی تھی۔ کُرسی اٹھائے وہ بھی پہنچا، پیچھے پیچھے قریب قریب دوڑتے ہوئے۔

'آؤ جی ... ہاتھ پاؤں سینک لو!'

'وے دوسرے بھیّا کاں گئے؟'

'اُسے سرتی کی لت ہے، باہر لینے گیا ہے!'

'بارے مورے بھیّا ... جاپے کے پہلا کچھ بتاتے تو ... گھری منن سُرتی دھری ... پلٹو کے ددّا کھاں نئی دیکھو، دن بھر چھانکت رت!'

پلٹو کی ماں نے لالٹین نیچے رکھی، پلٹو کو نیچے اتار کر کُرسی کے پاس بٹھا دیا لیکن خود نہیں بیٹھی، لالٹین اٹھائی اور رسوئی کی طرف بڑھ گئی۔

'ایک کلوٹی بلیّا لہٹی ہے۔ تنا آنکھ میچی نئی کے پیٹ سے مہارانی جوں بھیتر سرک گئیں اور پھر جتو کھانے نئیں اُتے پئیں ہاتھ مارنے ...'

بڑبڑاتی ہوئی وہ رسوئی کے اندر کونا کونا ٹٹول رہی تھی، پتہ نہیں کالی بلی کس پٹے کے نیچے دبکی بیٹھی ہو، کس برتن کے پیچھے چھپی ہو۔ آخری موقعہ تھا ... رسوئی میں گھس کر پلٹو کی ماں کو باندھ دے، پھر پلٹو کو یہیں دالان میں ... وہ روئے گا، بچے کے لیے عورت شیرنی ہو جائے گی ... پھر سوچا ... وہ اتنا کب سے سوچنے لگا۔

تبھی اس کا ساتھی مریل چال چلتا ہوا آیا اور اس کے بغل میں بیٹھ گیا۔ کوٹھری کے باہر ہوئی ایک ایک بات اس کے کان میں گری تھی ... پھاہے سے ٹپکتی تیل کی بوند

کی طرح۔ اس نے اب دونوں ہاتھ نکال کر گرسی کی آگ کے سامنے کر دیئے تھے، قریب قریب 'ہینڈس اپ' کے انداز میں۔

'کیوں بے؟' یہ زور لگا کر پھس پھسایا۔ اس کا ساتھی کچھ نہیں بولا، اُس کے چہرے پر باسی باسی ٹھنڈ تھی۔

'کچھ نہیں؟'

اس نے پھر کُریدا۔ اس پر ساتھی کی آنکھیں اُٹھیں اور پھر جھک گئیں۔ چہرہ لاچاری سے تھوڑا پھیل گیا۔ بولنے کی جگہ منہ میں جمع ہو گئے پانی کو چاٹ کر وہ نگلنے لگا۔

دونوں ریشہ ریشہ بکھر گئے۔ کیا ہو گیا تھا... یہی سمجھ میں نہیں آ رہا تھا۔ انھوں نے جو طریقہ اپنایا تھا، وہ شہر میں ضرور گھس چکا ہو... لوگ کواڑ میں لگی آنکھ سے جھانکتے اور دروازہ ہی نہ کھولتے... لیکن یہاں کے لیے وہ اب بھی نیا تھا۔ کامیابی کی پوری امید تھی... لیکن وہ ایک دم نئی قسم کی مصیبت میں آ پھنسے، کہیں کوئی ایسی رکاوٹ نہیں جو دکھائی دے اور جسے الگ کر دیا جائے، نہ دکھائی دینے والا کچھ تھا... جو دھیرے دھیرے عجیب ڈھیلے ڈھالے ڈھنگ سے ان کے چاروں طرف پھیلا اور پھر انھیں اندر سے چھیلتا چلا گیا۔

'جگّی... اب ہم چلیں گے...' پلٹو کی ماں کے آتے ہی اس نے کہا۔

'کائے، تھک گئے...'

'ہاں، یہی سمجھو...'

'کچھو چاؤ نے ہتو کا... ہمائیں دیت کو ہو تو بتاؤ۔ سنو ہے کہ شہر میں کب اوں پوروئی نئی پرت...'

اور نہیں بیٹھ سکتے تھے۔ اُٹھ کھڑے ہوئے... ایک دم پست۔ اس نے اپنی جیب سے پانچ کا نوٹ نکالا اور پلٹو کی ماں کو پکڑا دیا... 'جگّی ہماری طرف سے پلٹو کو مٹھائی کھلا دینا...'

پلٹو اور پلٹو کی ماں انھیں باہر تک بھیجنے آئے۔

'پلٹو پونچھت کہ مما پھر کبے ایہو؟'

ان دونوں کی نظریں نیچی تھیں۔ انھیں چرائے ہوئے وہ مڑے اور دھیرے دھیرے اندھیرے میں کھو گئے۔

اصغر وجاہت

کیک

انھوں نے میز پر ایک زوردار گھونسہ مارا اور میز بہت دیر تک ہلتی رہی۔
'میں کہتا ہوں جب تک ایٹ اے ٹائم پانچ سو لوگوں کو گولی سے نہیں اُڑا دیا جائے گا، حالات ٹھیک نہیں ہو سکتے۔' اپنی خاصی اسپیکنگ پاور ختم کر کے وہ ہانپنے لگے۔ پھر انھوں نے اپنا اوپری ہونٹ نچلے ہونٹ سے دبا کر مجھے گھورنا شروع کیا۔ وہ ضرور سمجھ گئے تھے کہ میں مسکرا رہا ہوں۔ پھر انھوں نے گھورنا بند کر دیا اور اپنی پلیٹ پر پل پڑے۔
روز ہی رات کو سیاست پر بات ہوتی ہے۔ دن کے دو بجے سے رات آٹھ بجے تک پروف ریڈنگ کا گھٹیا کام کرتے کرتے وہ کافی ناراض ہو اٹھتے ہیں۔
میں نے کہا۔ 'اُن پانچ سو لوگوں میں آپ اپنے کو بھی جوڑ رہے ہیں؟'
'اپنے کو کیوں جوڑوں؟ کیا میں کرک پالیٹیشین ہوں یا اسمگلر ہوں، یا کروڑوں کی چور بازاری کرتا ہوں؟' وہ پھر مجھے گھورنے لگے تو میں ہنس دیا۔ وہ اپنی پلیٹ کی طرف دیکھنے لگے۔
'آپ لوگ تو کسی بھی چیز کو سیریسلی نہیں لیتے ہیں۔'
کھانے کے بعد انھوں نے جوٹھی پلیٹیں اٹھائیں اور کچن میں چلے گئے۔ کرسی پر بیٹھے بیٹھے ہی مسز ڈیسوزا نے کہا، 'ڈیوڈ میرے لیے پانی لیتے آنا۔'

ڈیوڈ جگ بھر کر پانی لے آئے۔ مسز ڈیسوزا کو ایک گلاس دینے کے بعد بولے، 'پی لیجیے مسٹر، پی لیجیے!'

میرے انکار کرنے پر جلے کٹے طریقے سے چمکے،' تھینکس ٹو گاڈ! یہاں دن بھر پانی تو مل جاتا ہے۔ اگر اندر پوری میں رہتے تو پتہ چل جاتا۔ خیر، آپ نہیں پیتے تو میں ہی پیئے لیتا ہوں،' کہہ کر وہ تین گلاس پانی پی گئے۔

کھانے کے بعد اسی میز پر ڈیوڈ صاحب کام شروع کر دیتے ہیں۔ آج بھی وہ پروف کا پلندہ کھول کر بیٹھ گئے۔ انھوں نے میز صاف کی۔ میز کے پایے کی جگہ رکھی اینٹوں کو ہاتھ سے ٹھیک کیا، تاکہ میز ہل نہ سکے۔ پھر ٹوٹی کرسی پر بیٹھے بیٹھے اچانک اکڑ گئے اور ناک پر چشمہ اس طرح فٹ کیا جیسے بندوق میں گولیاں بھر لی ہوں۔ ہونٹ خاص طرح سے دبا لیے۔ پروف مسودے سے ملانے لگے۔ گولیاں چلنے لگیں۔ اسی طرح ڈیوڈ صاحب رات بارہ بجے تک پروف دیکھتے رہتے ہیں۔ اسی درمیان وہ کم سے کم پچاس بار چشمہ اتارتے اور لگاتے ہیں۔ بندوق میں کچھ خرابی ہے۔ پانچ سال پہلے آنکھ ٹسٹ کروائی تھی اور چشمہ خریدا تھا۔ اب آنکھ زیادہ کمزور ہو چکی ہے، لیکن چشمے کا نمبر نہیں بڑھ پایا ہے۔ ہر مہینے کی پندرہ تاریخ کو وہ اگلے مہینے آنکھ ٹسٹ کروا کر نیا چشمہ خریدنے کی بات کرتے ہیں۔ بندوق کی قیمت بہت بڑھ چکی ہے۔ پروف دیکھنے کے درمیان پانی پیئیں گے تو وہ 'باسو کی جے' کا نعرہ لگائیں گے۔ 'باسو' اُن کا باس ہے جس سے انھیں کئی درجن شکایتیں ہیں۔ جہاں تک میری سمجھ میں آتا ہے، وہ سب جائز ہیں۔ ویسے ہی تین، درجن شکایتیں مجھے بھی ہیں۔ ایسی شکایتیں بیشتر چھوٹا کام کرنے والوں کو ہوتی ہیں۔

'بڑا جان لیوا کام ہے صاحب!' وہ دو ایک بار سر اٹھا کر مجھ سے کہتے ہیں۔ میں' ہوں۔ ہاں' میں جواب دے کر بات آگے بڑھنے نہیں دیتا، لیکن وہ چپ نہیں ہوتے۔ چشمہ اتار کر آنکھوں کو مسلتے ہیں،' بڑی ہائی لیول بنگلنگ ہوتی ہے۔ اب تو چھوٹے موٹے کرپشن کیس پر کوئی چونکتا تک نہیں۔ پوری مشینری سڑ گل چکی ہے۔ یہ آدمی نہیں کیتے ہیں کیتے۔۔ میں بھی آزادی سے پہلے گاندھی کا اسٹانچ سپورٹر تھا اور سمجھتا تھا کہ نان وائلنس از دی بسٹ پالیسی۔ لیکن اب سوچتا ہوں کہ وہ چوتیاپا ہے۔

وائلنس از دی بسٹ پالیسی۔ لٹکا دو پانچ سو آدمیوں کو سُولی پر۔ ارے، ان سالوں کا پبلک ٹرائل ہونا چاہیے، پبلک ٹرائل!'

'پبلک ٹرائل کون کرے گا، ڈیوڈ صاحب!' میں جھلّا جاتا ہوں۔ اتنی دیر سے وہ مسلسل بکواس کر رہے ہیں۔ وہ دونوں ہاتھوں سے اپنا سر پکڑ کر بیٹھ جاتے ہیں۔

'ماسیز بیں اگر لیفٹ فورسز...' وہ دھیرے دھیرے کافی دیر تک بڑبڑاتے رہتے ہیں۔

میں جاسوسی ناول کے ہیرو کو ایک بار پھر گولیوں کی بوچھار سے بچا دیتا ہوں۔

وہ کہتے ہیں، 'آپ بھی کیا دو ڈھائی سو روپے کے لیے گھٹیا ناول لکھا کرتے ہیں!'

میں مسکرا کر ان کے پروف کے پلندے کی طرف دیکھتا ہوں اور وہ چپ ہو جاتے ہیں۔ گمبھیر ہو جاتے ہیں۔

'میں سوچتا ہوں برادر، کیا ہم تم اسی طرح پروف پڑھتے اور جاسوسی ناول لکھتے رہیں گے؟ سوچو تو یار! دنیا کتنی بڑی ہے۔ یہ ہمیں معلوم ہے کہ کتنی اچھی طرح سے زندگی گزاری جا سکتی ہے۔ کتنا آرام اور سُکھ ہے، کتنی بیوٹی ہے...'

'پریشانی تو میرے لیے ہے ڈیوڈ صاحب! آپ تو بہت سے کام کر سکتے ہیں۔ مرغی خانہ کھول سکتے ہیں۔ بیکری لگا سکتے ہیں۔...'

وہ آنکھیں بند کر کے ناقابلِ یقین ملی ہنسی ہنسنے لگتے ہیں اور کمرے کی ہر ٹھوس چیز سے ٹکرا کر ان کی ہنسی ان کے منہ میں واپس چلی جاتی ہے۔

اکثر کھانے کے بعد وہ ایسی ہی باتیں چھیڑ دیتے ہیں۔ کام میں من نہیں لگتا اور وقت بوجھ لگنے لگتا ہے۔ جی میں آتا ہے کہ لوہے کی ایک بڑی سی سلاخ لے کر کسی فیشن ایبل کالونی میں نکل جاؤں۔ ڈیوڈ صاحب تو ساتھ چلنے پر تیار ہو ہی جائیں گے۔ پھر وہ بولنے لگتے ہیں اور ان کے پیارے الفاظ 'ریچ'، 'مگ—'، 'نانسنس'، 'بنگلنگ'، 'پبلک ٹرائل'، 'اکسپلائیٹیشن'، 'کلاس اسٹرگل' وغیرہ بار بار سنائی پڑتے ہیں۔ بیچ بیچ میں وہ ہندوستانی گالیاں فرّاٹے سے بولتے ہیں۔

'اب کیا ہو سکتا ہے۔ پچیس سال تک پروف ریڈری کے بعد اب اور کیا کر سکتا ہوں؟ ۱۹۴۸ء میں دہلی آیا تھا۔ ارے ساب، ڈیفنس کالونی کی زمین

تین رو پے گز میرے سامنے بکی ہے، جس کا دام آج چار سو روپے ہے۔ نظام الدین سے اوکھلا تک جنگل تھا جنگل۔ کوئی شریف آدمی رہنے کو تیار ہی نہیں ہوتا تھا۔ اگر اس وقت نظام الدین میں زمین خرید لی ہوتی تو آج لکھ پتی ہوتا۔ لیکن اس وقت اتنا پیسہ نہیں تھا اور آج .... سینیر کیمبرج میں میرے ساتھ پاٹی پڑھتا تھا۔ اب اگر آپ اُسے دیکھ لیں تو مان ہی نہیں سکتے کہ میں اس کا کلاس فیلو اور دوست تھا۔ گورا چٹا رنگ' اے کلاس صحت، ایک جیپ، ایمبسڈر اور ایک ٹریکٹر ہے اس کے پاس۔ مرزا پور کے پاس فارمنگ کرواتا ہے۔ اس زمانے میں دس روپے بیگھا زمین خریدی تھی اس نے۔ مجھ سے بہت کہا تھا کہ تم بھی لے لو ڈیوڈ بھائی چار پانچ سو بیگھا۔ بالکل اُسے کے فارم کے سامنے پانچ سو بیگھے کا پلاٹ تھا۔ اے کلاس فرٹائل زمین۔ لیکن اس زمانے میں بَیں کچھ اور تھا۔' وہ کھسیانی ہنسی ہنسے، ' آج اس کی آمدنی تین لاکھ روپے سال ہے۔ اپنی ڈیری، اپنا مرغی خانہ — ٹھاٹھ ہیں ساب ٹھاٹھ۔ ڈیوڈ صاحب خوش ہو گئے جیسے وہ سب انھیں کا ہو۔ پروف کے پلندے کو اٹھا کر ایک کونے میں رکھتے ہوئے بولے، ' میری تو قسمت میں اس شاندار کمرے میں مسز ڈیسوزا کا کرایہ دار ہونا لکھا تھا۔'

مسز ڈیسوزا کو پچاس روپے دو، کمرہ مل جائے گا۔ پچیس روپے اور دو تو صبح ناشتہ مل جائے گا اور تیس روپے دو رات کا کھانا، جسے مسز ڈیسوزا انگریزی کھانا کہتی ہیں، مل جائے گا۔ مسز ڈیسوزا کے کمرے میں لگی تصویروں کو، جو اکثر ان کی جوانی کے دنوں کی ہیں، کرائے دار ہٹا نہیں سکتا۔ کسی تصویر میں وہ موم بتی کے سامنے بیٹھی کتاب پڑھ رہی ہیں، تو کسی میں اپنے بال گود میں رکھے خلا میں دیکھنے کی کوشش کر رہی ہیں۔ تصویروں سے کچھ لوگوں کا تعارف انگریز افسر کے طور پر کرواتی ہیں، لیکن دیکھنے میں وہ سب ہندوستانی لگتے ہیں۔ ایک تصویر مسز ڈیسوزا کی لڑکی کی بھی ہے، جو ڈیوڈ صاحب کی میز پر رکھی رہتی ہے۔ لڑکی واقعی کنٹاپ ہے۔ چھنال پنا اس کے چہرے سے ایسے ٹپکتا ہے کہ اگر سامنے کوئی برتن رکھ دے تو دن میں دسیوں بار خالی کرنا پڑے۔ اسے صرف دیکھ کر ہی اچھے اچھے دونوں ہاتھوں سے دبا لیتے ہوں گے۔ کچھ پڑوس والوں کا یہ بھی کہنا ہے کہ اس تصویر کو دیکھ دیکھ کر ڈیوڈ صاحب نے شادی کرنے اور

بچے پیدا کرنے کی طاقت سے ہاتھ دھو لیے ہیں۔ مسز ڈیسوزا ویسی عیسائیوں کی کئی لڑکیاں ان کے لیے ڈھونڈ چکی ہیں، لیکن سب بیکار۔ وہ تو ڈھائی سو وولٹیج کے کرنٹ سے جل بھُن کر راکھ ہو چکے تھے۔ اور ایک دن تنگ آکر مسز ڈیسوزا نے محلے میں اُن کو نامرد اعلان کر دیا اور ان کے سامنے کپڑے بدلنے لگیں۔

صبح کا دوسرا نام ہوتا ہے جلدی۔ جلدی جلدی بغیر دودھ کی چائے کے کچھ کپ۔ رات کے دھوئے کپڑوں پر الٹا سیدھا پریس۔ جوتے پر پالش۔ اور دن بھر پروف کرکٹ کرتے رہنے کے لیے آنکھوں کی مساج۔ پروف کے پلندے۔ کرکٹ کیے ہوئے اور پر بس سے آئے ہوئے۔ پھر کرکٹ کیے ہوئے اور پھر آئے ہوئے۔ ڈھم۔ سالا زور سے گیلی دے مانتا ہے،' دیکھ لو یا لو جلدی دیکھ دو۔ بڑا ساب کالم دیکھنا مانگتا ہے۔' پوری زندگی گھٹیا قسم کے کاغذ پر چھپی پروف ہوگئی ہے، جسے ہم مسلسل کرکٹ کر رہے ہیں۔

گھر سے باہر نکل کر جلدی جلدی بس اسٹاپ کی طرف دوڑنا، جیسے کسی کو پکڑنا ہو، ہم دونوں ایک ہی نمبر کی بس پکڑتے ہیں۔ راستے میں ڈیوڈ صاحب مجھ سے روز ایک سا باتیں کرتے ہیں، 'ہری سبزیوں سے کیا فائدہ ہے، کس سبزی میں کتنا اسٹارچ ہوتا ہے۔ انڈے اور مرغے کھاتے رہو تو اسّی سال کی عمر میں بھی لڑکا پیدا کر سکتے ہو۔' بکری اور بھینس کے گوشت کا معمولی فرق انھیں اچھی طرح معلوم ہے۔ انگریزی کھانے کے بارے میں ان کی جانکاری بے پناہ ہے۔ کیک میں کتنا میدہ ہونا چاہیے۔ کتنے انڈے ڈالے جائیں۔ میوہ اور جیلی کو کیسے ملایا جائے۔ دودھ کتنا پھینٹا جائے۔ کیک کی سینکائی کے بارے میں ان کا الگ نظریہ ہے۔ کریم لگانے اور کیک کو سجانے کے ان کے پاس سیکڑوں فارمولے ہیں، جنھیں اب ہندوستان میں کوئی نہیں جانتا۔ کبھی کبھی کہتے، 'یہ سالے دھوتی باندھنے والے، کھانا کھانا کیا جانیں۔ ڈھیر ساری سبزی لے لی، تیل میں ڈالی اور کھا گئے، بس۔ کھانا پکانا اور کھانا مسلمان جانتے ہیں یا انگریز۔ انگریز تو چلے گئے، سالے مسلمانوں کے پاس اب بھینسے کا گوشت کھا کھا کر عقل موٹی کرنے کے سوا کوئی چارہ نہیں ہے۔ بھینسے کا گوشت کھاؤ، بھینسے کی طرح عقل موٹی ہو جائے گی اور پھر بھینسے کی طرح ہی کولہو میں پلے رہو۔ رات گھر آکر

بیوی پر بھینسے کی طرح پل پڑو۔

آج پھر گھوم پھر کر وہ اپنے موضوع پر آ گئے۔

'ناشتہ تو ہیوی ہونا چاہیے۔'

میں نے حامی بھری۔ اس بات سے کوئی الو کا پٹھہ ہی انکار کر سکتا ہے۔

'ہیوی اور انرجیٹک؟' چلتے چلتے وہ اچانک رُک گئے۔ ایک نئے بنتے ہوئے مکان کو دیکھ کر بولے، 'کسی بلیک مارکیٹیر کا معلوم ہوتا ہے۔' پھر انھوں نے اکڑ کر جیب سے چشمہ نکالا، آنکھوں پر فِٹ کر کے مکان کی طرف دیکھا۔ فائر ہوا، زوردار دھماکے کے ساتھ، اور سارا مکان اڑ اڑ دھڑام کر کے گر گیا۔

'بس، ایک گلاس دودھ، چار ٹوسٹ اور مکھن، پورنیر اور دو انڈے۔' انھوں نے ایک لمبی سانس کھینچی، جیسے غبارے میں سے ہوا نکل گئی ہو۔

'نہیں، میں آپ سے ایگری نہیں کرتا، فروٹ جوس بہت ضروری ہے۔ بنا...'

'فروٹ جوس؟' وہ بولے، 'نہیں، اگر دودھ ہو تو اس کی ضرورت نہیں ہے۔'

'پراٹھے اور انڈے کا ناشتہ کیسا رہے گا؟'

'ویری گڈ، لیکن پراٹھے ہلکے اور نرم ہوں۔'

'اور اگر ناشتے میں کیک ہو؟' وہ سپاٹ اور پھیکی ہنسی ہنسے۔

کئی سال ہوئے۔ میرے دہلی آنے کے آس پاس۔ ڈیوڈ صاحب نے اپنی برتھ ڈے پر کیک بنوایا تھا۔ پہلے پورا بجٹ تیار کر لیا گیا تھا۔ سب خرچ جوڑ کر کل ستر روپے ہوتے تھے۔ پہلی تاریخ کو ڈیوڈ صاحب میدہ، شکر اور میوہ لینے کھاری باؤلی گئے تھے۔ سارا سامان گھر میں پھر تولا گیا تھا۔ پھر اچھے بیکر کا پتہ لگایا گیا تھا۔ ڈیوڈ صاحب کے کئی دوستوں نے دریا گنج کے ایک بیکر کی تعریف کی تو وہ اس سے ایک دن بات کرنے گئے، بالکل اسی طرح جیسے دو ملکوں کے وزیر اعظم گمبھیر مسئلوں پر بات چیت کرتے ہیں۔ ڈیوڈ صاحب نے اس کے سامنے ایک ایسا سوال رکھ دیا کہ وہ لاجواب ہو گیا۔ 'اگر تم نے سارا سامان کیک میں نہ ڈالا اور کچھ بچا لیا تو مجھے کیسے پتہ چلے گا؟' اس مسئلے کا حل بھی انھوں نے خود ڈھونڈ لیا۔ کوئی ایسا آدمی ملے جو بیکر کے پاس

اس وقت تک بیٹھا رہے، جب تک کہ کیک بن کر تیار نہ ہو جائے۔ ڈیوڈ صاحب کو مسز ڈیسوزا نے اس کام کے لیے اپنے آپ کو کئی بار آفر کیا۔ مگر دراصل ڈیوڈ صاحب کو مسز ڈیسوزا پر بھی اعتبار نہیں تھا۔ ہو سکتا ہے کہ بیکر اور مسز ڈیسوزا مل کر ڈیوڈ صاحب کو چوٹ دے دیں۔ جب پوری دہلی میں 'معتبر' آدمی نہیں ملا تو، ڈیوڈ صاحب نے ایک دن کی چھٹی لی۔ میں نے اس کام میں کوئی دلچسپی نہیں دکھائی تھی، اس لیے وہ ان دنوں مجھ سے ناراض تھے، اور پیٹھ پیچھے انھوں نے مسز ڈیسوزا سے کئی بار کہا کہ جانتا ہی نہیں 'کیک' کیا ہوتا ہے۔ میں جانتا تھا کہ کیک بن جانے کے بعد کسی بھی رات کو کھانے کے بعد مرغی خانہ والی بات کر کے ڈیوڈ صاحب کو خوش کیا جا سکتا ہے یا اُن کے دوست کے بارے میں بات کر کے انھیں پُر جوش کیا جا سکتا ہے، جس کا مرزا پور کے پاس بڑا فارم ہے اور وہ وہاں کیسے رہتا ہے۔

'کیک'، بڑے دن سے ایک دن پہلے آ گیا تھا۔ اب اُسے رکھنے کا مسئلہ تھا۔ مسز ڈیسوزا کے گھر میں چوہے ضرورت سے زیادہ ہیں۔ اس لیے آڑے وقت میں میں نے اُن کی مدد کی۔ اپنے ٹِن کے بکس میں سے کپڑے نکال کر تولیے میں لپیٹ کر میز پر رکھ دیئے اور بکس میں 'کیک' رکھ دیا۔

ہم سب کو اُس 'کیک' کے بارے میں بات چیت کر لینا اب بھی بہت اچھا لگتا ہے۔ ڈیوڈ صاحب تو اُسے اپنا سب سے بڑا 'اچیومنٹ' مانتے ہیں اور میں اپنے بکس کو خالی کر دینا کوئی چھوٹا کارنامہ نہیں سمجھتا۔ اس کے بعد سے لے کر اب تک 'کیک' بنوانے کے کئی پروگرام بن چکے ہیں۔ اب ڈیوڈ صاحب کی شرط ہوتی ہے کہ سب 'شیئر' کریں۔ زیادہ موڈ میں آتے ہیں تو آدھا خرچ اٹھانے پر تیار ہو جاتے ہیں۔

انھیں کے مطابق، بچپن سے انھیں دو چیزیں پسند رہی ہیں — 'جولی' اور 'کیک'۔ جولی کی شادی کسی کیپٹن سے ہو گئی، تو وہ رفتہ رفتہ اُسے بھولنے گئے۔ لیکن 'کیک' اب بھی پسند ہے۔ 'کیک' کے ساتھ کون شادی کر سکتا ہے؟ لیکن کھاری باؤلی کے کئی چکر لگانے پر انھوں نے محسوس کیا کہ 'کیک' کی بھی شادی ہو سکتی ہے۔ پھر بھی پسند کرنا بند نہ کر سکے۔

دفتر سے لوٹ کر آیا تو سارا بدن اس طرح درد کر رہا تھا جیسے بُری طرح مارا گیا ہو۔ باہری دروازہ کھولنے کے لیے مسز ڈیسوزا آئیں۔ وہ شاید کچن میں اپنے کھٹولے پر سو رہی تھیں۔ اندر آنگن میں ان کے خفیہ کپڑے سوکھ رہے تھے۔ 'خفیہ کپڑے' سوچ کر ہنسی آئی۔ جسم کا کوئی حصّہ خفیہ ہی کہاں رہ گیا ہے۔ ڈی ٹی سی کی بسوں میں چڑھتے اترتے خفیہ حصّوں کے جغرافیہ کا اچھا خاصا علم ہو گیا ہے۔ ان کی گرماہٹ، چکنائی کھردرے پن، گندے پن اور لبھانے پن کے بارے میں اچھی جانکاری ہے۔

'آج جلدی چلے آئے'؛ مسز ڈیسوزا خفیہ کپڑے اتارنے لگیں، 'چائے پیو گے؟ میں نے ابھی تک نہیں پی ہے۔'

'ہاں، ضرور۔' سوچا اگر سالی نے پی لی ہوتی تو کبھی نہ پوچھتی۔

کمرے کے اندر چلا آیا۔ پتھر کی چھت کے نیچے کھانے کی میز لگی ہے، جس کے ایک پائے کی جگہ اینٹیں لگی ہیں۔ دوسرے پایوں کو ٹین کی پٹیوں سے جکڑ کر کیلیں ٹھونک دی گئی ہیں۔ رسّی، ٹن، لوہا، تار اور اینٹوں کے سہارے سے کھڑی میز پہلی نظر میں قدیمی مشین سی لگتی ہے۔ میز کے اوپر مسز ڈیسوزا کی سلائی مشین رکھی ہے۔ کھانا کھاتے وقت مشین کو اٹھا کر نیچے رکھ دیا جاتا ہے۔ کھانے کے بعد مشین پھر میز پر آ جاتی ہے۔ رات میں ڈیوڈ صاحب اسی میز پر بیٹھ کر پروف دیکھتے ہیں۔ کئی گلاس پانی پیتے ہیں اور ایک بجتے بجتے اٹھتے ہیں تو کمرہ اکیلا ہو جاتا ہے۔ میں کمرے میں رکھی سلائی مشین یا میز کی طرح کمرے کا ایک حصّہ بن جاتا ہوں۔

'یہ لوٹی، گرین لیبل ہے۔' مسز ڈیسوزا نے چائے کی پیالی تھما دی۔

وہ کھانوں کے نام انگریزی میں لیتی ہیں۔ روٹی کو بریڈ کہتی ہیں۔ دال کو پتہ نہیں کیوں انھوں نے سوپ کہنا شروع کر دیا ہے۔ ترکاری کو 'بائلڈ ویجی ٹیبل' کہتی ہیں۔ کریلوں کو 'ہاٹ ڈش' کہتی ہیں۔ مسز ڈیسوزا تھوڑی بہت گوراشاہی انگریزی بھی بول لیتی ہیں جس سے محلے کے لوگ کافی مرعوب ہوتے ہیں۔ میں نے 'ٹی' لے لی۔ مسز ڈیسوزا آج کے زمانے کا مقابلہ پہلے زمانے سے کرنے لگیں۔ انھیں چالیس سال تک کی چیزوں کے دام یاد ہیں۔ اس کے بعد اپنے مکان کی چرچا ان کا محبوب

موضوع ہے، جس کا سیدھا مطلب ہم لوگوں پر رعب ڈالنا ہوتا ہے۔ ویسے رعب ڈالتے وقت یہ بھول جاتی ہیں کہ دونوں کمرے کرایے پر اٹھا دینے کے بعد وہ خود کچن میں سوتی ہیں۔ میں ان کی بکواس سے تنگ آکر باتھ روم میں چلا گیا۔ اگر ڈیوڈ صاحب ہوتے تو مزہ آتا۔ مسز ڈیسوزا منہ کھول کر اور آنکھیں پھاڑ کر مرغی پالنے کی باریکیوں کو سمجھنے کی کوشش کرتیں۔

'زیادہ نہیں، صرف دو ہزار روپے سے کام شروع کرے کوئی۔ چار سو مرغیوں سے شاندار کام چالو ہو سکتا ہے۔ چار سو انڈے روز کا مطلب ہے کم سے کم سو روپے روز۔ ایک مہینے میں تین ہزار روپے اور ایک سال میں چھتیس ہزار روپے۔ میں تو آنٹی، لائف میں کبھی نہ کبھی ضرور کروں گا کاروبار۔ فائدہ ... ؟ میں کہتا ہوں چار سال میں لکھپتی۔ پھر انڈے، مرغی کھانے کا آرام الگ۔ روز ایک مرغی کاٹیے سالے کو۔ بلیس انڈوں کی پوڈنگ بنائیے۔ تب یہ مکان آپ چھوڑ دیجیے گا آنٹی۔ یہ بھی کوئی آدمیوں کے رہنے لائق مکان ہے۔ پھر تو مہارانی باغ یا بسنت وہار میں کوٹھی بنوائیے گا۔ ایک گاڑی لے لیجیے گا۔'

تب تھوڑی دیر کے لیے وہ دونوں 'بسنت وہار' پہنچ جایا کرتے۔ بڑی سی کوٹھی کے پھاٹک کے داہنے طرف پیتل کی چمچماتی ہوئی پلیٹ پر ایرک ڈیوڈ اور مسز جے۔ ڈیسوزا کے حروف اس طرح چمکتے جیسے چھوٹا موٹا سورج۔

میں لوٹ کر آیا تو ڈیوڈ صاحب آ چکے تھے۔ کپڑے بدل کر آنگن میں بیٹھے وہ باسو کو تھوک میں گالیاں دے رہے تھے۔ مسز ڈیسوزا 'پاٹ ڈش' پکانے کی کوشش کر رہی تھیں۔ ڈیوڈ صاحب کہہ رہے تھے، 'یہ سالا باسو اس لائق ہے کہ اس کا 'پبلک ٹرائل' کیا جائے۔' ان کی آنکھوں میں نفرت اور اکتاہٹ تھی۔ چشمہ تھوڑا نیچے کھسک گیا تھا۔ انھوں نے اپنی گردن اکڑا کر چشمہ چہرے پر فٹ کیا۔ میں نے تلک برج کے سامنے ایک پیڑ کی بڑی سی ڈال پر رسّے کے سہارے باسو کی لاش کو جھولتے ہوئے دیکھا۔ لہریں مارتی بھیڑ ـــ بے پناہ بھیڑ۔ اور کچھ ہی لمحے بعد ڈیوڈ صاحب کو ایک تنگے سے مرغی خانے میں بند پایا۔ چاروں طرف جالیاں لگی ہوئی ہیں اور اس کے اندر دو سو مرغیوں کے ساتھ ڈیوڈ صاحب دانا چگ—

رہے ہیں۔ گردن ڈال کر پانی پی رہے ہیں اور انڈے دے رہے ہیں۔ انڈوں کے ایک ڈھیر پر بیٹھے ہیں۔ مرغی خانے کی جالیوں سے باہر 'بسنت وہار' صاف دکھائی پڑرہا ہے۔

میں نے کہا۔ 'آپ کیوں پریشان ہیں ڈیوڈ صاحب ؟ چھوڑیئے سالی نوکری کو۔ ایک مرغی خانہ کھول لیجیے۔ پھر بسنت وہار میں مکان۔'

'نہیں، نہیں، میں بسنت وہار میں مکان نہیں بنوا سکتا۔ وہاں تو باسو کا مکان بن رہا ہے۔ بھائی صاحب، یہ تو دعویٰ ہے اس دیش میں بغیر چار سو بیسی کیے کوئی آدمی کی طرح نہیں رہ سکتا۔ آدمیوں کی طرح رہنے کے لیے آپ کو بلیک مارکیٹنگ کرنی پڑے گی، لوگوں کو ایکسپلائٹ کرنا پڑے گا ... اب آپ سوچیے، میں کس سالے سے کم کام کرتا ہوں۔ روز آٹھ گھنٹے کی ڈیوٹی اور دو گھنٹے بس کے انتظار میں ...'

'تم بہت گالی بکتے ہو،' مسز ڈیسوزا بولیں۔

'پھر کیا کروں آنٹی ؟ گالی نہ بکوں تو کیا یسوع سے دعا کروں، جس نے کم سے کم میرے ساتھ بڑا 'جوک' کیا ہے ؟'

'چھوڑیئے یار، ڈیوڈ صاحب ! کچھ اور بات کیجیے۔ کہیں پروف کا کام زیادہ تو نہیں ملا ؟'

'ٹھیک ہے، چھوڑیئے۔ دہلی میں ابھی تین سال ہوئے ہیں نا۔ کچھ جوانی بھی ہے۔ ابھی شاید آپ نے دہلی کی چمک دمک بھی نہیں دیکھی ؟ کیا ہمارا کچھ بھی حصّہ نہیں ہے اُس میں ؟ کناٹ پلیس میں پیسے کو بہتے ہوئے دیکھا ہے کبھی ؟' وہ ہاتھ چلا چلاکر پیسے کے بہاؤ کے بارے میں بتانے لگے، 'لاکھوں کروڑوں روپے لوگ اڑا رہے ہیں۔ عورتوں کے جسموں پر سے بہتا پیسہ ! کاروں کی شکل میں تیرتا ہوا،' وہ پُرجوش ہو گئے، اور انھوں نے جیب سے چشمہ نکالا، گردن اکڑائی اور چشمہ آنکھوں پر فِٹ کر لیا۔

مجھے اکتاہٹ ہونے لگی۔ طبیعت گھبرانے لگی، جیسے کمرا ایک دم بیٹھ گیا ہو۔ سانس لینے میں تکلیف ہونے لگی۔ لوہے کا سلاخوں والا کمرہ ایسا مرغی خانہ لگنے لگا جس میں سخت بدبو بھر گئی ہو۔ مسز ڈیسوزا کئی بار پیشین گوئی کر چکی ہیں کہ ڈیوڈ صاحب

ایک دم ہم لوگوں کو اریسٹ کروائیں گے ۔ اور ڈیوڈ صاحب کہتے ہیں کہ میں اس دن کا 'ویلکم' کروں گا۔

غصّے میں مسلسل ہونٹ دبائے رہنے کی وجہ سے ان کا نچلا ہونٹ کافی موٹا ہو گیا ہے ۔ چہرے پر تین لکیریں پڑ جاتی ہیں ۔ بچپن میں سُنا کرتے تھے کہ ماتھے پر تین لکیریں پڑنے والا راجہ ہوتا ہے ۔

کچھ ہی دیر میں وہ کافی شانت ہو چکے تھے۔ کھانے کی میز پر انھوں نے 'باسو کی جے' پر نعرہ لگایا اور دو گلاس پانی پی گئے ۔ مسز ڈیسوزا کی 'ہاٹ ڈش'، 'سوپ' اور 'بریڈ' تیار تھی۔

'کریلے کی سبزی پکانا بھی آرٹ ہے' ساب!' ڈیوڈ صاحب نے زور سے منہ چلایا ۔

' تین ڈش کے برابر ایک ڈش ہے'، مسز ڈیسوزا نے احسان لادا ۔

ڈیوڈ ان کی بات اَن سنی کرتے ہوئے بولے، 'کریلے کھانے کا مزہ تو سیتا پور میں آتا تھا آنٹی۔ کوٹھی کے پیچھے کچن گارڈن میں ڈیڈی طرح طرح کی سبزی بواتے تھے ۔ ڈھیر ساری پیاز کے ساتھ ان کریلوں میں اگر قیمہ بھر کر پکایا جائے تو کیا کہنا۔

ہم لوگ سمجھ گئے کہ اب ڈیوڈ صاحب بچپن کے قصّے سنائیں گے ۔ ان قصّوں کے درمیان نصیبن گورنس کا ذکر بھی آئے گا جو صرف ایک روپے مہینہ تنخواہ پا کر بھی کتنی خوش رہا کرتی تھی اور جس کا اہم کام ڈیوڈ بابا کی دیکھ بھال کرنا تھا۔ نصیبن ہزار کوشش کے بعد بھی ڈیوڈ بابا کو ڈیک بابا ہی کہتی رہی ۔ اسی سلسلے میں اس پکنک پارٹی کا ذکر آئے گا۔ جس میں ڈیوڈ بابا نے جمنا کے سلوپ پر گاڑی چڑھا دی تھی۔ تجربہ کار ڈرائیور اسماعیل خاں کو پسینہ چھوٹ آیا تھا۔ ڈیوڈ صاحب نے اس کو ڈانٹ کر گاڑی سے اتار دیا تھا۔ سب لڑکے اور لڑکیاں اتر گئے تھے۔ انگریز لڑکوں کی ہمت چھوٹ گئی تھی، لیکن مجولی نے اترنے سے انکار کر دیا تھا۔ ڈیوڈ بابا نے گاڑی اسٹارٹ کی۔ دو منٹ سوچا۔ گیئر بدل کر ایکسیلیٹر پر دباؤ ڈالا اور گاڑی ایک فرّاٹے کے ساتھ اوپر چڑھ گئی۔ اسماعیل خاں نے اوپر آ کر ڈیوڈ بابا کے ہاتھ چوم لیے تھے۔ وہ بڑے بڑے انگریز افسروں کو گاڑی چلاتے دیکھ چکا تھا۔ مگر ڈیوڈ بابا نے کمال

ہی کر دیا۔ جولی نے ڈیوڈ بابا کو اسی دن 'کس' دینے کا 'پرامس' کیا تھا۔

ان باتوں کو سنتے وقت ڈیوڈ صاحب کی 'بیٹرنس' غائب ہو جاتی ہے۔ وہ ڈیوڈ صاحب نہیں، دیپک بابا لگتے ہیں۔ ہلکی سی دھول اڑتی ہے اور سیتاپور کی سول لائنس پر بنی بڑی سی کوٹھی کے پھاٹک میں سنہ کی فورڈ مڑ جاتی ہے۔ پھاٹک کے ایک کھمبے پر صاف حرفوں میں لکھا ہوا ہے —— 'پیٹر جے۔ ڈیوڈ، ڈپٹی کلکٹر'۔ کوٹھی کی چھت کھپریلوں سے بنی ہوئی ہے۔ کوٹھی کے چاروں طرف کئی بیگھے کا کمپاؤنڈ ہے۔ پیچھے آم اور سنترے کا باغ ہے۔ داہنے طرف ٹینس کورٹ اور بائیں طرف بڑا سا کچن گارڈن۔ کوٹھی کے اونچے برامدے میں باوردی چپراسی اونگھتا ہوا دکھائی پڑے گا۔ اندر ہال میں وکٹورین فرنیچر اور چھت پر لٹکتا ہوا ہاتھ سے کھینچنے والا پنکھا۔ دوپہر میں پنکھا قلی پنکھا کھینچتے کھینچتے اونگھ جاتا ہے تو مسٹر پیٹر جے۔ ڈیوڈ، ڈپٹی کلکٹر، اپنے ولایتی جوتوں کی ٹھوکروں سے اس کے کالے بدن پر نیلے رنگ کے پھول اُگا دیتے ہیں۔ بابا لوگ ٹائی باندھ کر کھانے کی میز پر بیٹھ کر چکن سوپ پیتے ہیں۔ کھانا کھانے کے بعد آئس کریم کھاتے ہیں اور ممی ڈیڈی کو گڈ نائٹ کہہ کر پھر اپنے کمرے میں چلے جاتے ہیں۔ ساڑھے نو بجے کے آس پاس سنہ کی فورڈ پھر اسٹارٹ ہوتی ہے۔ اب وہ یا تو کلب چلی جاتی ہے یا کسی دیسی رئیس کی کوٹھی کے اندر گھس کر آدھی رات کو ڈگمگاتی ہوئی لوٹتی ہے۔

مسز ڈیسوزا کے مکان کی چھت کے اوپر سے دہلی کی روشنیاں دکھائی پڑتی ہیں۔ سیکڑوں جنگلی جانوروں کی آنکھیں رات میں چمک اٹھتی ہیں۔ پانی پینے کے لیے نیچے آتا ہوں تو ڈیوڈ صاحب پروف پڑھ رہے ہیں۔ مجھے دیکھ کر مسکراتے ہیں۔ قلم بند کر دیتے ہیں اور بیٹھنے کے لیے کہتے ہیں۔ آنکھوں میں نیند بھری ہوئی ہے۔ وہ مجھے دھیرے دھیرے سمجھاتے ہیں۔ ان کے اس سمجھانے سے میں تنگ آگیا ہوں۔ شروع شروع میں تو میں اُن کو اُلّو کا پٹھا سمجھتا تھا لیکن بعد میں پتہ نہیں کیوں ان کی باتیں میرے اوپر اثر کرنے لگیں۔ 'بھاگ جاؤ اس شہر سے۔ جتنی جلدی ہو سکے، بھاگ جاؤ۔ میں بھی تمھاری طرح کالج سے سیدھا اس شہر میں آگیا تھا، راجدھانی

جیتنے۔ لیکن دیکھ رہے ہو، کچھ نہیں ہے اس شہر میں، کچھ نہیں۔ میری بات چھوڑ دو۔ میں کہاں چلا جاؤں۔ چوتڑ کے راستے یہ شہر میرے اندر گھس چکا ہے۔'

'لیکن کب تک کچھ نہیں ہوگا، ڈیوڈ صاحب؟'

'اُس وقت تک، جب تک تمھارے پاس دینے کے لیے کچھ نہیں ہے۔ اور میں جانتا ہوں، تمھارے پاس وہ سب کچھ نہیں ہے جو لوگوں کو دیا جاسکتا ہے۔'

میں لوٹ کر اوپر آجاتا ہوں۔ میرے پاس کیا ہے دینے کے لیے؟ اونچی کرسیاں، کاک ٹیل پارٹیاں، لمبے چوڑے لان، انگریزی میں سلام، سوٹ اور ٹائیاں، لڑکیاں، موٹریں، شاپنگ۔ تب یہ لوگ جو تنگ گلیاروں میں مجھ سے وعدے کرتے ہیں، مسکراتے ہیں، کون ہیں؟ اس کے بارے میں پھر سوچنا پڑے گا۔ اور کافی دیر تک میں پھر سوچنے کی ہمت جٹاتا رہتا ہوں۔ لیکن وہ پیچھے ہٹتا جاتا ہے۔ میں اُس کی بانہیں پکڑ کر آگے گھسیٹتا ہوں۔ ایک بگڑے ہوئے خچر کی طرح وہ اپنی رسّی تڑواکر بھاگ نکلتا ہے۔

میں پھر پانی کے لیے نیچے اترتا ہوں۔ اپنی میز پر سر رکھے وہ سو رہے ہیں۔ پروف کا پلندہ سامنے پڑا ہے۔ میں اُس کا کندھا پکڑ کر جگا دیتا ہوں۔ 'اب سو جائیے کل آپ کو سائٹ دیکھنے جانا ہے۔' اُن کے چہرے پر مسکراہٹ آتی ہے۔ وہ کل مرغی خانہ کھولنے کی سائٹ دیکھنے جارہے ہیں۔ اس سے پہلے بھی ہم لوگ کئی سائٹ دیکھ چکے ہیں۔ ڈیوڈ صاحب اٹھ کر پانی پیتے ہیں۔ پھر اپنے پلنگ پر اس طرح گر پڑتے ہیں جیسے راجدھانی کے پیروں میں پڑ گئے ہوں۔

میں پھر اوپر آکر لیٹ جاتا ہوں۔ میں نے کالج میں اتنا پڑھا ہی کیوں؟ اتنا اور اتنا کی بات نہیں ہے، مجھے کالج میں پڑھنا ہی نہیں چاہیے تھا اور اب دو سال تک ڈھائی سو روپے کی نوکری کرتے ہوئے کیا کیا جاسکتا ہے؟ کیوں مسکراتا اور کیوں شانت رہا؟ دو سال سے دوپہر تک کا کھانا گول کرتے رہنے کے پیچھے کیا تھا؟' نیچے سے بھینس کے گوبر کرنے کی آواز آتی ہے۔ ایک پہچانی مہک پھیل جاتی ہے۔ اس نیم مانوس قصبے کی مہک، جسے میں اپنا گھر سمجھتا ہوں۔ جہاں سے مجھے بہت ہی کم لوگ جانتے ہیں۔ اس چھوٹے سے اسٹیشن پر اکا دُکا یکے والے

بھی مجھ سے بات کرتے ڈریں گے۔ ان کا ڈر دور کرنے کے لیے مجھے اپنا تعارف کرانا پڑے گا۔ یعنی اپنے والد کا تعارف کرانا پڑے گا۔ تب ان کے چہرے پر مسکراہٹ آئے گی اور وہ مجھے پکّے پر بیٹھنے کے لیے کہیں گے۔ دس منٹ یکّہ چلتا رہے گا تو ساری بستی ختم ہو جائے گی۔ اس پار کھیت ہیں، جن کا سیدھا مطلب ہے اس پار غریبی ہے۔ وہ غریبی کے عادی ہیں۔ پولس ان کے لیے سب سے بڑی طاقت ہے اور اپنی ہر ہوشیاری میں وہ کافی بیوقوف ہیں ... اوپر آسمان میں پالم کی طرف جانے والے ہوائی جہاز کی پُرسکون آواز سنائی پڑتی ہے۔ نیچے سڑک پر بالو والے ٹرک گزر رہے ہیں۔ لدے ہوئے بالو کے اوپر مزدور سو رہے ہیں جو کبھی کبھی کسان بن جانے کا خواب دیکھ لیتے ہیں، اپنے گاؤں کی بات کرتے ہیں، اپنے کھیتوں کی بات کرتے ہیں، جو کبھی اُن کے تھے۔ ٹرک تیزی سے چلتا ہوا او کھلا موڑ سے متھرا روڈ پر مڑ جائے گا۔ فرینڈس کالونی اور آشرم ہوتا ہوا 'راجدوت' ہوٹل کے سامنے سے گزرے گا، جہاں رات بھر کیبرے اور ریستراں کے اشتہار نیان لائٹ میں جلتے بجھتے رہتے ہیں۔ اسی کے سامنے فٹ پاتھ پر بہت سے دُبلے پتلے، کالے اور سوکھے آدمی سوتے ہوئے ملیں گے جن کی نیند ٹرک کی تیز آواز سے بھی نہیں کھلتی۔ اوپر تیز بلب کی روشنی میں ان کے جسم کے ہر حصے بکھرے دکھائی پڑتے ہیں۔ میں اکثر حیران رہتا ہوں کہ وہ اس چوڑے فٹ پاتھ پر چھت کیوں نہیں ڈال لیتے۔ اس کے چاروں طرف کچی ہی سہی، دیوار تو اٹھائی جا سکتی ہے۔ ان سب باتوں پر سرسری نگاہ ڈالی جائے، جیسی کہ ہماری عادت ہے، تو ان کی کوئی اہمیت نہیں ہے۔ بیوقوفی اور جذبات سے پُر باتیں۔ لیکن اگر کوئی اوپر سے کیڑے کی طرح فٹ پاتھ پر ٹپک پڑے تو اس کی سمجھ میں سب کچھ آ جائے گا۔

دن اس طرح گزرتے ہیں جیسے کوئی لنگڑا آدمی چلتا ہے۔ اور تب اس مہانگری میں اپنے بہت معمولی اور بے سہارا ہونے کا احساس سب کچھ کروا لیتا ہے۔ اور بے عزتی جو اس مہانگر میں لوگ تفریحاً کر دیتے ہیں، اب اتنے بُرے نہیں لگتے جتنے پہلے لگتے تھے۔ آفس میں افسر کی میز پر تیواری کا سور جیسا گندا منہ، جو ایک ہی وقت میں پکا سماج وادی بھی ہے اور پرو امریکن بھی۔ اس کی تنگ بشرٹ میں سے جھانکتا ہوا حرام

کی کمائی پر پلا تندرست جسم اور اس کا سماج وادی قلم جو ہر دوسری سطر صرف اس لیے کاٹ دیتا ہے کہ وہ دوسرے کی لکھی ہوئی ہے۔ اس کا رعب داب، سنجیدہ ہنسی، سازشی مسکان، اور اس کی میز کے سامنے اس کے سامراجیہ میں بیٹھے ہوئے چار منحنی جانیں، جو قلم گھسنے کے علاوہ اور کچھ نہیں جانتے۔ ان لوگوں کے چہروں میں ٹائپ رائٹروں کی کھڑکھڑاہٹ۔ ان سب چیزوں کو مٹھی میں دباکر 'کرش' کر دینے کو جی چاہتا ہے۔ بھوک بھی کم بخت لگتی ہے تو اس طرح جیسے سارے شہر کا کھانا کھا کر ہی ختم ہوگی۔ شروع میں پیٹ گڑگڑاتا ہے۔ اگر ڈیوڈ صاحب ہوتے تو بات یہیں سے جھٹک لیتے، 'جی نہیں، بھوک جب زور سے لگتی ہے تو ایسا لگتا ہے جیسے بلّیاں لڑ رہی ہوں۔ پھر پیٹ میں ہلکا سا درد شروع ہوتا ہے جو شروع میں میٹھا لگتا ہے۔ پھر درد تیز ہو جاتا ہے اس وقت اگر آپ تین چار گلاس پانی پی لیں تو پیٹ کچھ وقت کے لیے شانت ہو جائے گا اور آپ دو ایک گھنٹہ کوئی بھی کام کر سکتے ہیں'۔

اتنا سب کچھ کہنے کے بعد وہ ضرور صلاح دیں گے کہ اس مہانگری میں بھوکوں مرنے سے اچھا ہے کہ میں لوٹ جاؤں۔ اور یہاں سے نکل کر وہاں جانے کا مطلب ہے ایک غریبی اور بھوک مری سے نکل کر دوسری بھوک مری میں پھنس جانا۔ اسی طرح کی بہت ساری باتیں ایک ساتھ دماغ میں کبڈّی کھیلتی رہتی ہیں۔ تنگ آکر ایسے موقع پر ڈیوڈ صاحب سے پوچھتا ہوں، 'گریٹر کیلاش کی مارکیٹ میں چل رہے ہیں؟'

وہ مسکراتے ہیں اور کہتے ہیں، 'اچھا، تیار ہو جاؤں!' میں جانتا ہوں کہ ان کے تیار ہونے میں کافی وقت لگے گا۔ اس لیے میں اطمینان سے جوتے پر پالش کرتا ہوں۔ ایک گندہ کپڑا لے کر جوتے کی گھسائی کرتا ہوں۔ جوتے میں اپنی شکل دیکھ سکتا ہوں۔ ٹپ ٹاپ ہو کر ڈیوڈ صاحب سے پوچھتا ہوں، 'تیار ہیں؟'

ہم دونوں بس اسٹاپ کی طرف جاتے ہوئے ایک دوسرے کے جوتے دیکھ کر خوش ہوتے ہیں۔ ایک عجیب طرح کی ہمت آجاتی ہے۔

گریٹر کیلاش کی مارکیٹ کی ہر دکان کا نام ہمیں زبانی یاد ہے۔ بس سے اتر کر ہم پیشاب خانے میں جاکر اپنے بال ٹھیک کرتے ہیں۔ وہ میری طرف دیکھتے ہیں۔ دو چوڑے چھپاتے جوتے برامدے میں گھومتے ہیں۔ میں فرنیچر کی دکان کے سامنے رک جاتا ہوں۔

تھوڑی دیر تک دیکھتا رہتا ہوں۔ ڈیوڈ صاحب اندر چلنے کے لیے کہتے ہیں اور میں ساری ہمت بٹور کر اندر گھس جاتا ہوں۔ یہاں کے لوگ بڑے مہذب ہیں۔ ایک جملے میں دو بار 'سر' بولتے ہیں۔ چمکدار جوتے دُکان کے اندر ٹہلتے ہیں۔ ڈیوڈ صاحب یہاں کمال کی انگریزی بولتے ہیں۔۔۔ کندھے اچکا کر اور آنکھیں نکال کر۔ چیزوں کو اس طرح دیکھتے ہیں جیسے وہ کافی گھٹیا ہوں۔ میں ایسے موقعوں پر اُن سے متاثر ہو کر انھیں کی طرح 'بیہیو' کرنے کی کوشش کرتا ہوں۔

کنفکشنری کی دُکان کے سامنے وہ بہت دیر تک رکتے ہیں۔ شو ونڈو میں سب کچھ سجا ہوا ہے۔ پہلی بار میں وہم ہو سکتا ہے کہ سارا سامان دکھاوٹی ہے، مٹی کا۔ لیکن یقیناً ایسا نہیں ہے۔

'جلدی چلیے۔ سالا دیکھ کر مسکرا رہا ہے۔'

'کون؟' ڈیوڈ صاحب پوچھتے ہیں، میں آنکھ سے دُکان کے اندر اشارہ کرتا ہوں۔ اور وہ اچانک دُکان کے اندر گھس جاتے ہیں۔ میں ہچکچا کر برامدے میں آگے بڑھ جاتا ہوں۔ 'پکڑے گئے بیٹا۔ بڑے لاٹ صاحب کی اولاد بنے پھرتے ہیں۔ ان کی جیب سے دس پیسے کا بس کا ٹکٹ اور کل ساٹھ پیسے نکلتے ہیں۔ سارے لوگ ہنس رہے ہیں۔ ڈیوڈ صاحب نے چمچماتا ہوا جوتا اتار کر ہاتھ میں پکڑا اور دُکان سے بھاگے'! میں ہمت کر کے دُکان کے اندر جاتا ہوں۔ ڈیوڈ صاحب دُکان دار سے بہت فرّاٹے دار انگریزی بول رہے ہیں اور وہ بے چارہ گھبرا رہا ہے۔ میں خوش ہوتا ہوں 'لے سالے، کر دیا نہ ڈیوڈ صاحب نے ڈنڈا۔ بڑا مسکرا رہے تھے'۔ ڈیوڈ صاحب انگریزی میں اُس سے ایسا 'کیک' مانگ رہے ہیں جس کا نام اس کے باپ، دادا، پردادا نے بھی کبھی نہ سنا ہوگا۔

باہر نکل کر ڈیوڈ صاحب نے میرے کندھے پر ہاتھ رکھ دیا۔

روز کی طرح کھانے کی میز پر یہاں سے وہاں تک ولایتی کھانے سجے ہوئے ہیں۔ مسز ڈیسوزا کا موڈ کچھ آف ہے۔ وجہ صرف اتنی ہے کہ میں اس مہینے کی پہلی تاریخ کو پیسہ نہیں دے پایا ہوں۔ ایک آدھ دن منہ پھلا رہے گا۔ پھر وہ مہنگائی کے قصّے سنانے لگیں گی۔ چیزوں کی بڑھتی قیمتیں سنتے ہم لوگ تنگ آ جائیں گے۔

بات کرنے کے لیے کچھ ضروری تھا اور چپ ٹوٹتی نہیں لگ رہی تھی، تو مسز ڈیسوزا نے پوچھا، 'آج تم ڈیفنس کالونی جانے والے تھے؟'

'نہیں جاسکا،' ڈیوڈ صاحب نے منہ اٹھا کر کہا۔

'اب تمھارا سامان کیسے آئے گا؟' مسز ڈیسوزا بڑبڑائیں، 'بے چاری تمھاری بہن کیتھی نے کتنی محبت سے بھیجا ہے۔'

'محبت سے بھجوایا ہے آنٹی؟' ڈیوڈ صاحب چونکے، 'آنٹی اس کا ہسبینڈ دو ہزار روپے کماتا ہے۔ کیتھی ایک دن بازار گئی ہوگی۔ سوا سو روپے کی ایک گھڑی اور دو قمیضیں خریدلی ہوں گی۔ اور ڈینو کے ہاتھ دہلی بھجوادیں۔ اس میں محبت کہاں سے آگئی؟'

'مگر تم انھیں جاکر لے تو آؤ۔'

'ڈینو اس سامان کو یہاں لا سکتا ہے۔'

ڈینو کا ڈیفنس کالونی میں اپنا مکان ہے۔ کار ہے۔ ڈیوڈ صاحب کا بچپن کا دوست ہے۔ وہ اس شکار پارٹی میں بھی تھا، جس میں ہاتھی پر بیٹھ کر ڈیوڈ صاحب نے پلائنگ شاٹ میں چار گاجیں گرادی تھیں۔

'ڈیفنس کالونی سے یہاں آنا دور پڑے گا۔ اور وہ بیزی آدمی ہے۔'

'میں بیزی پرو‌ف ریڈر نہیں ہوں؟' وہ ہنسے، 'اور وہ تو اپنی کار سے آسکتا ہے، جب کہ مجھے تو دو بسیں بدلنی پڑیں گی۔' وہ دال چاول اس طرح کھا رہے تھے جیسے 'کیک' کی یاد میں مشق زنی کر رہے ہوں۔

'جیسی تمھاری مرضی۔'

کھانا ختم ہونے پر کچھ دیر کے لیے محفل جم گئی۔ مسز ڈیسوزا پتہ نہیں کہاں سے اُس بڑے زمیندار کا ذکر لے بیٹھیں جو جوانی کے دنوں میں اُن پر دل و جان سے عاشق تھا، اور ان کے ریٹائرمنٹ کے بعد بھی ایک دن پتہ لگاتا ہوا دہلی میں ان کے گھر آیا تھا۔ وہ پہلا دن تھا جب اس مکان کے سامنے سکنڈ ہینڈ ایمبسڈر کھڑی ہوئی تھی اور ڈیوڈ صاحب کو کچن میں سونا پڑا تھا۔ اس زمیندار کا ذکر ڈیوڈ صاحب کو بڑا بھاتا ہے۔ میں تو فوراً اُس زمیندار کی جگہ اپنے آپ کو 'فٹ' کر کے حالات

کا پورا مزہ اٹھانے لگتا ہوں۔

کچھ دیر بعد اِدھر اُدھر گھوم گھام کر بات پھر کھانوں پر آ گئی۔ ڈیوڈ صاحب ہوئی پکانے کی ترکیب بتانے لگے۔ پھر سب نے اپنے اپنے پسندیدہ کھانوں کے بارے میں بات کی۔ سب سے پہلے ڈیوڈ صاحب بولے۔

کھانے کی بات ختم ہوئی تو میں نے دھیرے سے کہا، 'یار ڈیوڈ صاحب اس گاؤں میں کبھی کوئی ایسی لڑکی نظر پڑ جاتی ہے کہ پاؤں کانپنے لگتے ہیں۔'

'کیسی تھی، مجھے بتاؤ؟ چھدو کی بہو ہو گی یا...'

'بس ڈیوڈ، تم لڑکیوں کی بات نہ کیا کرو۔ میں نے کتنی خوب صورت لڑکی سے تمھارا انگیجمنٹ طے کیا تھا۔'

'کیا خوبصورتی کی بات کرتی ہیں آنٹی۔ اگر جولی کو آپ نے دیکھا ہوتا...'

'جولی؟ خیر، اس کو تو میں نے نہیں دیکھا۔ تم نے اگر میری لڑکی کو دیکھا ہوتا!' اُن کی آنکھیں ڈبڈبا آئیں، 'مگر وہ حاجی آ سے...' کچھ دیر بعد بولیں، 'اگر وہ ہوتی تو یہ دن نہ دیکھنا پڑتا۔ میں اس کی شادی کسی ملٹری افسر سے کر دیتی۔ اس سے تو کوئی بھی شادی کر سکتا تھا۔'

'میں شادی کیسے کر لوں آنٹی؟ دو سو پچھتر روپے اکیس پیسے سے ایک پیٹ نہیں بھرتا۔ ایک اور لڑکی کی جان لینے سے کیا فائدہ آنٹی! میری زندگی تو گزر ہی جائے گی۔ مگر میں یہ نہیں چاہتا کہ اپنے پیچھے ایک غریب عورت اور دو تین پروف ریڈر چھوڑ کر مر جاؤں جو دن رات مشینوں کی کان پھاڑ دینے والی آواز میں بیٹھ کر آنکھیں پھوڑا کریں۔' وہ کچھ رُکے، 'یہی بات میں اِن سے کہتا ہوں۔' انھوں نے میری طرف اشارہ کیا، 'اس آدمی کے پاس گاؤں میں تھوڑی سی زمین ہے جہاں گیہوں اور دھان کی فصل ہوتی ہے۔ اِس کو چاہیے کہ اپنے کھیت کے پاس ایک کچا گھر بنا لے۔ اُس کے سامنے ایک چھپر ڈال لے۔ بس اس پر لوکی کی بیل چڑھانی پڑے گی۔ دیہات میں آرام سے ایک بھینس پالی جا سکتی ہے۔

کچھ دنوں بعد مرغی خانہ کھول سکتے ہیں۔ کھانے اور رہنے کی کوئی فکر نہیں رہ جائے گی ٹھاٹھ سے کام کریں اور کھائیں،'

'اُس کے بعد آپ وہاں آئیے گا تو 'کیک' بنایا جائے گا۔ بہت سے انڈے ملاکر،' میں نے مذاق کیا۔

دیپک بابا ہنسنے لگے۔ بالکل بچّوں کی سی معصوم ہنسی۔

میتھیلیشور

ہتیاروں کی واپسی

رات کے بارہ بج رہے ہیں، تیرگا، سیگو اور گنپت دبے پاؤں آگے بڑھتے جارہے ہیں۔ وہ شہر کی اس شاہراہ کو پار کر چکے ہیں، جو رات بھر چلتی رہتی ہے۔ وہ شہر کے اُن مقامات اور محلّوں کو لانگھ چکے ہیں، جہاں رات ہوتی ہی نہیں — بجلی کی دودھیا روشنی اور سرگرمی بنی ہی رہتی ہے۔ اب وہ شہر کے مغربی حصّے کی طرف اس محلّے میں آگئے ہیں جو شہر کا سب سے مطعون محلّہ ہے۔ وہاں کی گلیوں میں روشنی کا کوئی انتظام نہیں۔ راستے اوبڑ کھابڑ، کچّے پکّے مکان، بیچ بیچ میں کچھ جھونپڑیاں بھی، سیلن بھری گلیاں، کنارے کی نالیوں سے آتی تیز بدبو۔ اس محلّے میں شہر کے مزدور، مہتر، رکشہ چلانے والے اور چھوٹی چھوٹی نوکریاں کرنے والے وہ لوگ رہتے ہیں، جو شہر کے دوسرے محلّوں میں اونچے کرائے نہیں دے سکتے۔

گنپت کل دن میں ہی اس محلے میں آیا تھا۔ اس کے ساتھ حاجی سیٹھ کا ایک آدمی بھی تھا۔ وہ گنپت کو ایک مقررہ مقام دکھا کر ایک مقررہ شخص کو پہچنوا چکا ہے۔ اب گنپت کو کیا کرنا ہے، یہ حاجی سیٹھ سے اُسے معلوم ہوا ہے۔ اکثر اس طرح کے کاموں میں گنپت، تیرگا اور سیگو کو ضرور لیتا ہے۔ دراصل سچائی تو یہ ہے کہ گنپت مول بھاؤ کر کے کاموں کو طے کرتا ہے۔ پروگرام بناتا ہے۔ لیکن اصل کام تو تیرگا اور سیگو کرتے ہیں۔

گنپت کو اس پہچان کرائے گئے شخص کے بارے میں کوئی خاص جانکاری نہیں، دیکھنے میں وہ گنپت کو ایک بہت ہی معمولی شخص معلوم پڑتا ہے۔ حاجی سیٹھ کے یہاں کی باتوں سے وہ یہ جان پایا ہے کہ وہ شخص حاجی سیٹھ کے پورے خاندان کے لیے فکر کا باعث بنا ہوا ہے۔ شاید کہیں حاجی سیٹھ کی کوئی نئی فیکٹری بن رہی ہے، جہاں وہ شخص رخنہ ڈال رہا ہے۔ بات کیا ہے، حالات کیا ہیں، کیوں وہ شخص حاجی سیٹھ سے ٹکرا رہا ہے، ان سب باتوں کی تفصیلی جانکاری گنپت کو نہیں ہے۔ اس نے ان باتوں کی جانکاری کے لیے کوشش بھی نہیں کی ہے۔ اصل میں حاجی سیٹھ کے کاموں میں وہ زیادہ چھان بین اور پوچھ تاچھ نہیں کرتا ہے۔ حاجی سیٹھ جب بھی کام کراتا ہے، اونچی رقم دیتا ہے۔ اسی لیے گنپت آنکھ موند کر حاجی سیٹھ کا کام پورا کرتا ہے۔

اپنے ساتھیوں کے ساتھ گنپت تیزی سے آگے بڑھ رہا ہے۔ لوگ سو چکے ہیں۔ گھر کے دروازے اور کھڑکیاں بند ہیں۔ رات کے سناٹے میں پورے محلّے کا سُونا پن گنپت کو اچھا لگتا ہے۔ ایسے میں کام بڑی آسانی سے ہو جاتا ہے۔

گنپت کو جب کبھی روشنی اور سرگرمی والے محلّوں میں کام کرنا ہوتا ہے، تو بڑی فضیحت ہوتی ہے۔ ایک کام میں کبھی کبھی پورا مہینہ لگ جاتا ہے کتنی سازشیں اور کتنی جنتھے بندی اسے کرنی پڑتی ہے۔ لیکن ان محلّوں میں تو وہ چٹکی بجا کر کام کر لیتا ہے۔ گنپت کو یہ محلّے شہر کے گاؤں جان پڑتے ہیں۔ بالکل گاؤں کی طرح ہی بے روشن، غیر محفوظ، مجبور۔

گنپت اپنے ساتھیوں کے ساتھ مقررہ مقام پر پہنچ جاتا ہے۔ یہاں سے تقریباً دس بارہ قدم کے فاصلے پر ہی وہ کوٹھری ہے، جس میں وہ شخص رہتا ہے۔ ابھی وہ اکیلا ہے۔ خاندان ساتھ میں نہیں ہے۔ پتہ نہیں کنوارہ ہے یا بال بچے والا؟ کہاں کا رہنے والا ہے؟ گنپت کو کچھ معلوم نہیں۔ کہیں کا ہو، اس سے اس کو کیا مطلب؟ کام کرے گا۔ پیسے بنائے گا۔ دارو پیے گا مانس کھائے گا۔ بیرا بائی کے ساتھ موج کرے گا۔ اور کیا۔

گنپت اور اس کے ساتھیوں کو یہ دیکھ کر بڑی حیرانی ہوتی ہے کہ اس کمرے

کا دروازہ کھلا ہے۔ لالٹین جل رہی ہے۔ میز کرسی لگی ہے اور وہ شخص کچھ لکھنے میں مصروف ہے۔ ٹھیک سامنے میز پر رکھی لالٹین کی روشنی سیدھے سیدھے اس شخص کے چہرے پر پڑ رہی ہے، جس سے اس کا چہرہ صاف صاف نظر آ رہا ہے۔

اس پورے محلّے میں جہاں سبھی کے دروازے اور کھڑکیاں بند ہیں، وہ شخص دروازہ کھول کر لکھ رہا ہے۔ حاجی سیٹھ سے تکرار مول لے کر بھی اُسے ذرا خوف نہیں۔ ایک لمحے کے لیے گنپت اور اس کے ساتھیوں کے حوصلے بالکل سرد پڑ جاتے ہیں۔ وہ بے حس گلی کے ایک کونے میں کھڑے چپ چاپ اسے دیکھنے لگتے ہیں۔ پھر گنپت اپنے ساتھیوں کو اشارہ کر کے آگے بڑھتا ہے اور اس گلی کے بغل میں ہی ایک گرے ہوئے پرانے مکان کے ملبے کے پاس چھپ کر بیٹھنے کی صلاح دیتا ہے۔

اب گنپت اور اس کے ساتھی ملبے کے ڈھیر کے پیچھے چھپ کر اُکڑوں بیٹھ جاتے ہیں اور اس شخص کو گھورنے لگتے ہیں۔ وہاں سے بھی وہ شخص صاف صاف دکھائی پڑتا ہے۔ تیگا کو لگتا ہے، اس شخص کو اُس نے کہیں دیکھا ہے۔ شراب کے نشے میں اُسے ٹھیک ٹھیک یاد نہیں آ رہا ہے۔ پھر بھی وہ یاد کرنے کی کوشش کرنے لگتا ہے۔

تیگا جب بھی اس طرح کے کاموں میں جاتا ہے، شراب خوب چھک کر پی لیتا ہے۔ گنپت اور سیگو بھی پیتے ہیں، لیکن اس کی طرح نہیں۔ تیگا جانتا ہے، اگر وہ چھک کر نہیں پیے گا، تو اس سے کام نہیں ہوگا۔ ایسے کام ہوش و حواس میں رہنے پر نہیں ہوتے۔

گنپت پھسپھساتا ہے... ایک ہی ساتھ تینوں آدمی آگے بڑھ کر تیزی سے کوٹھری میں گھس چلے۔ سیگو اس شخص کے دونوں ہاتھ پکڑ لے گا۔ میں اس کا منہ بند کر دوں گا۔ تیگا کام کر دے گا۔ لیکن دیکھنا، وار ٹھیک مقام پر ہونا چاہیے۔ معاملہ صفائی کا ہے...

تیگا کہتا ہے، ''ابھی ٹھہرو...''

تیگا اس شخص کو یاد کر رہا ہوتا ہے۔

سیگو اس شخص کو دیر تک گھورنے کے بعد پھسپھساتا ہے، '' دیکھنے میں وہ شخص

بہت بھلا لگ رہا ہے۔ پڑھنے لکھنے والا شخص ہے۔ آخر حاجی کیوں اس کا صفایا کرنا چاہتا ہے۔ مجھے تو وہ شخص غلط نہیں لگ رہا ہے۔'

گنپت جواب دیتا ہے، ' اپن کو اِس سے کیا مطلب ـــ وہ صحیح ہو یا غلط؟ حاجی نے پورے تین ہزار دیئے ہیں۔ تینوں کو ایک ایک ہزار... کم پیسے نہیں ہیں۔'

سیگو چپ ہو جاتا ہے۔ گنپت بھی چپ ہے۔ تیگا کچھ سوچ رہا ہے۔ نشے کے اندر اس کے ذہن پر اب وہ شخص ابھرنے لگا ہے۔ پار سال تیگا کے گاؤں میں ہیضے کی بیماری پھیلی تھی۔ تیگا کا گاؤں اس شہر کے بالکل پاس ہی ہے۔ صرف پانچ کلومیٹر کے فاصلے پر۔ لیکن شہر کی طرف سے اس کے گاؤں کو بچانے کی کوئی کوشش نہیں کی گئی۔ پھر اس کے گاؤں کی خبر سن کر وہ کوٹھری والا شخص پتہ نہیں کہاں سے آ گیا تھا۔ اس کے ساتھ نئی عمر کے کچھ لڑکے بھی تھے۔ اُن سب نے دوڑ دوڑ کر گاؤں اور شہر کو ایک کر دیا تھا۔ لڑ جھگڑ کر، شور مچا کر وہ لوگ شہر سے ڈھیر ساری دوائیاں اور کئی ڈاکٹروں کو گاؤں تک کھینچ لائے تھے... تیگا کا بھتیجا مر جاتا، اگر وہ شخص وقت پر نہ پہنچتا۔

تیگا آنکھیں پھاڑ پھاڑ کر اس شخص کو دیکھنے لگتا ہے۔ یہ وہی شخص ہے۔ تیگا اُسے پوری طرح پہچان لیتا ہے۔ کوئی کور کسر باقی نہیں چھوڑتا ہے۔ پتہ نہیں اس کا کیا نام ہے؟ گاؤں کے لڑکے اس کو پہچانتے ہیں۔ بھیّا بھیّا کہتے ہیں۔

اب تیگا پھسپھساتا ہے، ' گنپت، میں اس شخص کو پہچانتا ہوں۔ میرے گاؤں میں ہیضہ پھیلا تھا، تو اس نے لوگوں کی جان بچائی تھی۔ وہ بہت بھلا آدمی ہے۔ حاجی سے کہو، بات چیت کر کے نبٹارہ کر لے۔'

گنپت تیگا کو سمجھاتا ہے، ' حاجی نے تین ہزار دیے ہیں... آدھے سے زیادہ تو ہم لوگ خرچ کر چکے ہیں۔ اُسے کیا لوٹائیں گے؟ کم روپے نہیں ہیں۔'

تیگا کہتا ہے، ' حاجی سے بول دینا، اس کا کوئی دوسرا کام کر دیں گے۔'

اس سے پہلے کہ گنپت کچھ اور کہتا، اچانک نئی عمر کے پانچ سات لڑکے گلی کو لانگھتے تیزی سے آتے ہیں اور اُس شخص کی کوٹھری میں گھس جاتے ہیں۔

گنپت اور اس کے ساتھیوں کو ان کی آوازیں صاف صاف سنائی دیتی ہیں۔ وہ ہانپ رہے ہیں۔ چہرے طیش میں ہیں، ' بھیّا! رات دس بجے کے آس پاس

حاجی سیٹھ کا ٹرک اینٹوں سے لدا آیا تھا۔ ہم نے اس زمین پر اینٹ نہیں گرنے دی۔ حاجی سیٹھ کے آدمیوں کے ساتھ ہم لوگوں کی کافی تکرار ہوئی۔ وہ بغل والے تھانے میں پولس کی مدد کے لیے پہنچے۔ ہم بھی وہاں گئے۔ ہم نے تھانیدار سے صاف کہا، 'سر، آپ تو جانتے ہیں، اس زمین میں آم کی شاخ کے نیچے برسوں سے اس محلّے کے لڑکے پڑھتے آرہے ہیں۔ اب ہم لوگوں نے چندہ کرکے اس زمین میں بچّوں کا اسکول بنانے کی بنیاد رکھی ہے۔ یہ زمین حاجی سیٹھ کی نہیں ہے۔ میونسپلٹی کی ہے۔ اس سے پہلے کے جو چیرمین تھے انھوں نے اِس زمین میں اسکول بنانے کی اجازت دی تھی۔ اِس نئے چیرمین سے مل کر حاجی سیٹھ اس زمین کو دخل کرنا چاہتے ہیں۔ سر، آپ کو معلوم ہوگا، بھیّا نے نئے چیرمین کے خلاف شہر میں جلوس نکالا تھا۔ جب تک کوئی فیصلہ نہیں ہو جاتا، آپ حاجی سیٹھ کی مدد نہ کریں۔ نہیں تو بھیّا تھانے کے خلاف بھی جلوس نکالیں گے۔' اور بھیّا جب ہم نے آپ کے ذریعے جلوس نکالنے کی بات کہی تو تھانیدار نے اپنے سپاہیوں کو روک لیا... بس، ہم نے حاجی سیٹھ کے ٹرک کو آگے بڑھوا دیا۔'

ساری بات سن کر وہ شخص کھڑا ہوتے ہوئے بولا، 'بہت ٹھیک کیا، تم لوگوں نے۔ برابر اس زمین پر تعینات رہنا۔ کل ہم سب ضلع کے کلکٹر، ایس.پی اور میونسپلٹی کے چیرمین سے ملیں گے۔ اس واقعے پر شہر کے لوگوں کو بیدار کریں گے۔ اس زمین میں برسوں سے ہمارے بچے پڑھتے آرہے ہیں۔ وہ زمین حاجی سیٹھ کے باپ کی نہیں ہے۔'

وہ آپس میں یہی سب باتیں کر رہے تھے۔ گنپت اور اس کے ساتھیوں کے اوپر اِن باتوں کا خوفناک ردِ عمل ہوا۔ جس پولس کے ڈر سے گنپت اور اس کے ساتھی کئی کئی مہینوں تک کے لیے لاپتہ ہو جاتے ہیں، وہ پولس اس شخص کے نام سے ڈرتی ہے۔ وہ ایک دوسرے کے کانوں میں سرگوشی کرتے ہیں، 'سالے حاجی نے ہمیں غلط جگہ بھیجا ہے... یہاں سے لوٹ چلنا چاہیے۔'

اور وہ دبے پاؤں وہاں سے لوٹ جاتے ہیں۔ جس رفتار سے آئے تھے، اس سے تگنی رفتار سے واپس جاتے ہیں۔ اُن سے ایک لمحے کے لیے بھی

اب وہاں نہیں رُکا جاتا۔

صبح ہوگئی ہے۔ گنپت اور اس کے ساتھی حاجی سیٹھ کے کمرے میں موجود ہیں ۔ یہ جان کر حاجی سیٹھ کا مَن جھلاہٹ سے بھر گیا ہے کہ کام نہیں ہوا۔ حاجی سیٹھ گنپت کو ڈانٹنا چاہتے ہیں۔ لیکن اس کے ساتھیوں کی موجودگی میں وہ ایسا نہیں کر پاتے ہیں۔ اکثر کام ہونے سے پہلے یا کام ہونے کے بعد گنپت اکیلے ہی آکر حاجی سیٹھ سے بات چیت کرتا تھا۔ لیکن آج اس کے ساتھی بھی آئے ہیں... اس لیے حاجی سیٹھ کو لگتا ہے، ضرور کوئی خاص بات ہے۔ وہ پوچھتے ہیں، 'کون سی دشواری آگئی؟ کام کیوں نہیں ہوا؟'

اس سے پہلے کہ گنپت کچھ کہتا تیگا بول اٹھتا ہے، 'سیٹھ جی، وہ آدمی غلط نہیں ہے... ہم اُسے نہیں ماریں گے... آپ بات چیت کر کے نبٹارہ کر لیجیے، اُس کا صفایا مت کروائیے۔'

تیگا کی بات سے ایک لمحے کے لیے حاجی سیٹھ کے ہوش و حواس گم ہو جاتے ہیں۔ لگتا ہے، جیسے پہاڑ کی سب سے اونچی چوٹی سے اچانک لڑھک کر وہ نیچے آگرے ہوں۔ انھوں نے خواب میں بھی ایسا نہیں سوچا تھا کہ گنپت اور اس کے ساتھی کسی آدمی کے صحیح اور غلط ہونے کی بات بھی کر سکتے ہیں۔ وہ سمجھ نہیں پاتے ہیں کہ اُس دُبلے پتلے آدمی نے اِن لوگوں پر ایسا کون سا جادو چلا دیا ہے کہ وہ اس طرح سے بات کرنے لگے ہیں۔

حاجی سیٹھ کچھ لمحوں تک سوچتے ہیں پھر اُن تینوں کو لے کر اندر چل دیتے ہیں۔ ایک عالیشان کمرے میں اُن تینوں کو بٹھاتے ہیں۔ پھر سامنے کی الماری کھول دیتے ہیں۔ رنگ برنگی بوتلیں نکل آتی ہیں۔ نوکر کاجو اور کباب کی پلیٹیں سجا دیتے ہیں۔

گنپت اور اس کے ساتھیوں کو زندگی میں اتنی اچھی شراب کبھی نہیں ملی تھی۔ کاجو اور کباب بھی نہیں۔ ڈنلپ کے گدے پر اوپر نیچے لہراتے ہوئے گنپت اور اس کے دوست کھانے پینے لگے ہیں۔ اب حاجی سیٹھ بتانا شروع کرتے ہیں۔ وہ شخص بہت بدمعاش ہے۔ گندی بستیوں کے لوگوں کو بہلا پھسلا کر آندولن کرواتا ہے۔

انھیں مار کھلواتا ہے۔ جیل بھجواتا ہے۔ خود نیتا بنا ہوا ہے۔ نئی عمر کے لڑکوں کو شاگردی میں کر رکھا ہے۔ میں نے اُس سے کہا تھا، کہو تو تمھیں کوئی نوکری لگوادیں، یہ سب دھندہ چھوڑو، نہیں مانا۔ میں نے اُسے روپیوں کا بھی لالچ دیا۔ دو ہزار لے لو۔ پانچ ہزار لے لو۔ لیکن وہ تو مہاتما بنتا ہے۔ سیدھے سیدھے روپے کیسے لے گا؟'

سیٹھ ابھی اپنی بات پوری طرح کہہ بھی نہیں پاتے ہیں کہ تیگا بیچ میں ہی بول اُٹھتا ہے، 'باقی سیٹھ جی، وہ آدمی خود گندی بستیوں میں رہتا ہے۔ لوگوں کو ٹھگتا، تو ضرور اچھی جگہ رہتا۔ میرے گاؤں میں ہیضہ پھیلا تھا، تو اس نے لوگوں کی جان بچائی تھی۔ کسی سے کچھ مانگا بھی نہیں تھا۔'

'تم نہیں سمجھوگے تیگا... ویسے لوگوں کو سمجھنے میں تمھیں دیر لگے گی... آخر میں تم سے ہی پوچھتا ہوں، وہ ایسا کیوں کرتا ہے۔ میں کچھ کرتا ہوں، دھن دولت کے لیے۔ دنیا کا ہر آدمی دھن دولت پانے کے لیے ہی کچھ کر رہا ہے۔ پھر وہ ایسے ہی کیوں کچھ کرے گا؟ بہت بڑا راز ہے۔ تم نہیں سمجھوگے۔'

تیگا چپ ہو جاتا ہے۔ سیٹھ جی اسے لاجواب کر دیتے ہیں۔ اب اُسے کچھ بھی سمجھ میں نہیں آتا ہے۔ پھر بھی وہ کہتا ہے، 'ٹھیک ہے سیٹھ جی، لیکن اس آدمی کا صفایا مت کروایئے... سمجھا بجھا کر راستے سے ہٹا دیجیے۔'

'میں سب کچھ کر کے دیکھ چکا ہوں تیگا۔ آخر میں میں نے یہ فیصلہ کیا ہے۔ تم سمجھا کر دیکھ لو۔ تمھاری سب باتیں وہ مان جائے گا۔ لیکن جب اصل بات پر آؤ گے تو تمھاری ایک نہیں سنے گا۔' حاجی سیٹھ دیر تک اس شخص کو بدمعاش، غلط اور اوچھا ثابت کرنے لگتے ہیں۔ دھیرے دھیرے تیگا اور اس کے ساتھیوں پر شراب کی خماری چھانے لگتی ہے۔ ان کے اندر کا تشدد جاگنے لگتا ہے۔ ان کے چہرے کے بدلتے اثرات کو پڑھ کر حاجی سیٹھ کو خوشی ہوتی ہے کہ ان کی بات اُن پر اثر کرنے لگی ہے۔ اب وہ اپنی دوسری الماری کھولتے ہیں۔ ہرے، پیلے نوٹوں کی گڈیاں سامنے آجاتی ہیں۔ وہ بولتے ہیں، 'اگنیت، پچھلی دفعہ تین ہزار روپے دیے تھے نا؟'

'ہاں!'

'لو یہ اور چھ ہزار روپے۔ آج رات کام ہو جانا چاہیے...'

گنپت اور اس کے ساتھیوں کو ایک مشت اتنی بڑی رقم کبھی نہیں ملی تھی۔ وہ نوٹوں کو چھپا کر رکھنے لگتے ہیں۔ پھر چل دیتے ہیں۔ شراب کا نشہ اپنے پورے رنگ میں کھل چکا ہے۔ شراب بھی اتنی عمدہ ہو سکتی ہے، انھوں نے پہلے کبھی نہیں سوچا تھا۔

دوسری رات گنپت اور اس کے ساتھی پھر اُسی جگہ پہنچ آئے ہیں۔ ملبے کے ڈھیر کے پیچھے سے چھپ کر وہ کل کی ہی طرح دیکھتے ہیں۔ لیکن آج دروازہ بند ہے۔ غور کرنے پر پاتے ہیں، دروازہ اندر سے نہیں باہر سے بند ہے۔ تالا لٹک رہا ہے۔ انھیں لگتا ہے، وہ شخص کہیں چلا گیا ہے۔ سیگو کہتا ہے، 'آج، جترا، ٹھیک نہیں ہے۔ وہ آدمی کہیں چلا گیا۔ شاید اُسے معلوم ہو گیا'۔

گنپت کہتا ہے، 'نہیں ... معلوم کیسے ہو گا؟ ہم تینوں کے سوا اور کوئی تھوڑے ہی جانتا ہے۔ حاجی سیٹھ کی بات کسی کو معلوم نہیں ہوتی۔ وہ آدمی آتا ہی ہو گا۔ کل بھی تو اتنی رات گئے تک پڑھ رہا تھا۔

تیگا نشے میں جماہیاں لیتا رہتا ہے۔ کچھ پل بیت جانے کے بعد تیگا کہتا ہے، 'گنپت، اس آدمی پر شروع میں وار نہیں کیا جائے گا۔ اُسے سمجھایا جائے گا۔ روپیوں کا لالچ دیا جائے گا۔ وہ قتل کرنے لائق آدمی نہیں ہے'۔

گنپت اور سیگو تیگا کو سمجھاتے ہیں، چاہے جیسے بھی ہو آج کام نبٹانا ہی ہو گا۔ حاجی نے جتنے روپے دیئے ہیں اتنے کوئی اور نہیں دے سکتا۔

تیگا کہتا ہے، 'ٹھیک ہے، لیکن میں اس آدمی کو دھوکے سے نہیں ماروں گا اُسے سمجھاؤں گا۔ اپنی بات منواؤں گا۔ نہیں مانے گا، لڑائی جھگڑا کرنے پر آمادہ ہو جائے گا۔ تب اُسے ماروں گا'۔

گنپت کو تیگا کی یہ ترکیب بالکل نئی لگتی ہے۔ اس طرح سے تو انھوں نے کبھی کوئی کام نہیں کیا ہے۔ لیکن سیگو، تیگا کی بات سے اتفاق کرتا ہے۔ گنپت چاہ کر بھی کچھ بول نہیں پاتا ہے۔ جانتا ہے، بغیر تیگا کے وہ کچھ بھی نہیں کر سکتا ہے۔

رات میں تقریباً ایک بجے کے آس پاس وہ شخص آتا ہے۔ تالا کھول کر اندر داخل ہوتا ہے۔ لالٹین جلاتا ہے۔ کپڑے بدلتا ہے۔ پھر ایک لوٹے میں پانی لے کر باہر

نکلتا ہے۔ ہاتھ منہ دھوتا ہے۔ کلی کرتا ہے۔ پھر اندر چلا جاتا ہے۔

اب تیگا، سیگو اور گنپت ملبے کے ڈھیر کے پیچھے سے اٹھ کر چل دیتے ہیں۔ ایسے کاموں میں تیگا ہمیشہ چپکے سے جاتا تھا اور مشکوک نگاہوں سے آس پاس دیکھتا رہتا تھا۔ لیکن اس بار وہ بالکل نڈر ہو کر جا رہا ہے۔ لگتا ہی نہیں کہ وہ کسی کا صفایا کرنے جا رہا ہے۔

دروازے پر پہنچ کر اندر بیٹھے اس شخص کو مخاطب کرتے ہوئے تیگا کہتا ہے ،

'بھائی صاحب، ہم لوگ آپ سے کچھ بات کرنے آئے ہیں'

تیگا اور اس کے ساتھیوں کو لگتا ہے کہ یہ سن کر وہ شخص ڈر جائے گا، کیوں کہ اتنی رات گئے بالکل اجنبی لوگوں کا آنا ٹھیک نہیں۔ لیکن وہ شخص ذرا بھی ڈرتا نہیں ہے۔ کہتا ہے، 'آپ لوگ اندر آجائیے'

تیگا اور اس کے ساتھی اندر گھس جاتے ہیں۔ کمرہ بہت ہی چھوٹا ہے۔ ایک میز اور ایک کرسی کے علاوہ بیٹھنے سونے کے لیے اور کچھ نہیں ہے۔ اس کمرے کے آدھے حصے میں کتابیں رکھی ہیں۔ تیگا اور اس کے ساتھیوں نے کسی ایک شخص کے پاس اتنی کتابیں پہلے کبھی نہیں دیکھی تھیں۔ وہ حیرت سے پہاڑ کی طرح لگی کتابوں کے ڈھیر کو دیکھتے رہتے ہیں۔ کتابوں کے پاس ہی کمرے کے باقی حصے میں زمین پر ایک چٹائی بچھی ہوئی ہے۔ چٹائی پر ایک دری ہے۔ شاید وہ شخص اسی پر سوتا ہے۔

تیگا اور اس کے ساتھیوں کو وہ شخص دری پر بیٹھنے کا اشارہ کرتا ہے۔ وہ تینوں دری پر بیٹھ جاتے ہیں۔ وہ شخص بھی کرسی سے اتر کر ان تینوں کے پاس ہی دری پر آجاتا ہے۔ تیگا کہتا ہے، 'کیوں ... آپ کرسی پر بیٹھیے'

وہ شخص جواب دیتا ہے، 'آپ لوگ عمر میں مجھ سے بڑے ہیں۔ میرے بڑے بھائی کے برابر ہیں۔ آپ لوگوں کے سامنے میں کرسی پر نہیں بیٹھوں گا۔ ہم یہیں زمین پر ساتھ ساتھ بیٹھیں گے'

اس شخص کی پہلی بات تو تیگا کے اندر کہیں بہت گہرائی تک اتر جاتی ہے۔ وہ اس شخص کے چہرے کو ٹکٹکی لگائے دیکھنے لگتا ہے۔ گنپت اور سیگو بھی دیکھنے لگتے ہیں۔ اچانک سیگو اس شخص کو پہچان جاتا ہے۔ ایک ڈکیتی کے معاملے میں سیگو

جیل گیا تھا۔ وہاں پہنچنے پر سیگو کو وہ شخص دکھا تھا۔ شاید پہلے سے ہی وہ جیل میں تھا۔ لیکن اُسے الگ وارڈ ملا تھا۔ جیل میں بھی لوگ اس کی عزّت کرتے تھے۔ قیدیوں پر ہونے والے ظلم کے خلاف وہ جیل میں بھی آندولن کرتا تھا۔ اس شخص کو پہچان لینے کے بعد سیگو کا دل اس کے لیے عقیدت سے بھر جاتا ہے۔ سیگو کو یاد ہے، جیل میں وہ اس شخص کو دیوتا سمجھتا تھا۔ سیگو دل ہی دل میں یہ فیصلہ کر لیتا ہے، چاہے جو ہو، اس شخص پر وہ کسی کو ہاتھ اٹھانے نہیں دے گا۔

وہ شخص پوچھتا ہے، ''آپ لوگوں کا کیسے آنا ہوا؟''

سیگو گنپت کی طرف دیکھتا ہے، گنپت تیگا کی طرف۔ ایک لمحے تک اُن میں سے کوئی کچھ نہیں بول پاتا ہے۔ ''بھیم پٹی محلّے میں حاجی سیٹھ کوئی کارخانہ بنانا چاہ رہے ہیں لیکن آپ اُسے بننے نہیں دے رہے ہیں۔''

اس سے پہلے کہ تیگا کچھ اور کہتا، وہ شخص بیچ میں ہی بول پڑتا ہے، ''نہیں... غلط بات ہے۔ یہ الزام صرف مجھ اکیلے پر نہیں ہونا چاہیے۔ میں کہتا ہوں، آپ لوگوں نے روک رکھا ہے۔ میں اُس زمین میں اپنا گھر بنانے کے لیے حاجی سیٹھ سے نہیں لڑ رہا ہوں۔ اُس زمین میں آپ کے میرے بچّے پڑھیں گے۔ آپ جانتے ہیں وہ محلّا اس محلّے سے بھی گیا گزرا ہے۔ اُس محلّے میں شہر کی کوئی سہولت نہیں ہے۔ اگر اُس زمین کو حاجی سیٹھ دخل کر لیں گے تو پھر اُس محلّے میں بچّوں کے پڑھنے کی کوئی جگہ نہیں رہے گی۔ شہر کے دور پڑنے والے اور مہنگے اسکولوں میں اُس محلّے کے بچّے کیسے پڑھنے جائیں گے؟ میں جانتا ہوں، آپ لوگ ویسے ہی محلّوں کے باسی ہیں۔ حاجی سیٹھ کے محلّے میں آپ لوگوں کے گھر نہیں ہیں۔ حاجی سیٹھ آپ کے اپنے ہاتھوں سے آپ کے گھر اجڑوانا چاہتا ہے۔ سوچیے، اس محلّے کے بچّے آخر کہاں پڑھیں گے؟ حاجی سیٹھ کا لڑکا بدیش میں پڑھتا ہے۔ اُن کے جیسے لوگوں کے لیے شہر میں روز نئے نئے اسکول کھل رہے ہیں۔ ہم پر اور آپ پر کون دھیان دے رہا ہے؟ غریبی، بھوک مری اور بیماری سے ہم مر رہے ہیں۔ ہمارے محلّے کے لوگ جانوروں کی زندگی جی رہے ہیں۔ حاجی سیٹھ جیسے لوگ کبھی ہمیں انسان کی طرح

نہیں جینے دیں گے ۔ حاجی سیٹھ آج اُس اسکول والی زمین کو ہڑپ رہے ہیں۔ کل ہمارے اور آپ کے گھروں کو اُجڑوائیں گے۔ وہاں اپنے بنگلے بنوائیں گے۔ تب ہم بھکاری بن جائیں گے ۔ سڑک کے کنارے ہمارا جینا مرنا ہوگا۔ آپ لوگوں نے اسٹیشن کے پاس کے کراہتے تڑپتے ، بھیک منگوں کو ضرور دیکھا ہوگا۔ وہ حاجی سیٹھ جیسے خاندانوں کے نہیں ، ہمارے اور آپ جیسے خاندانوں کے ہیں۔ میں قسم کھا کر کہتا ہوں ، اگر آپ لوگ اُس زمین میں اسکول نہیں بننے دینا چاہ رہے ہیں تو نہیں بنے گا۔ میں کون ہوتا ہوں بیچ میں بولنے والا۔ آپ لوگ اس محلّے میں جاکر پوچھ لیجیے، اُس محلّے کا بچّہ بچّہ تیار ہے کہ یہ زمین حاجی سیٹھ کو نہیں ہڑپنے دیں گے۔ میں ابھی وہیں سے آرہا ہوں۔ کل صبح پھر وہاں ایک عام جلسہ ہے ۔ آپ لوگ جاکر دیکھ لیجیے، آپ کے اپنے بچّے ہیں، جو وہاں سینہ تان کر کھڑے ہیں۔ کیا مجال کہ حاجی سیٹھ اس زمین پر پہنچ جائیں !

وہ شخص کھڑا ہوجاتا ہے ۔ بولتے بولتے اس کا چہرہ سُرخ ہوگیا۔ کمرے میں دھیرے دھیرے ٹہلتے ہوئے وہ بولتا جاتا ہے' حاجی سیٹھ بے وقوف ہے۔ مجھے پتہ چلا ہے کہ وہ میرا صفایا کرانا چاہتے ہیں۔ وہ جانتے ہیں ، میرے بعد انھیں کوئی نہیں روکے گا۔ لیکن انھیں نہیں معلوم ، سارا محلّہ جاگ اٹھا ہے۔ وہ کتنے لوگوں کا صفایا کروائیں گے ؛ میں تو چاہتا ہوں کہ حاجی سیٹھ مجھے مروادیں۔ آخر تو ہم کو، آپ کو، سب کو ایک دن مرنا ہی ہے !

وہ شخص دیر تک بولتا ہی رہتا ہے، نیرگا، سیگو اور گنپت، سر جھکائے سنتے رہتے ہیں۔ اس شخص کی باتوں سے وہ ایک عجیب سی دنیا میں پہنچ آئے ہیں۔ آدمی ایسے بھی ہوتے ہیں، انھیں پتہ نہیں تھا۔ اُن کے پاس تو حاجی سیٹھ والی تفصیل تھی کہ ہر آدمی دھن دولت کے لیے ہی کچھ کرتا ہے ، لیکن اس شخص کی تقریر کچھ اور ہی تھی۔ نیرگا کو من ہی من کچھ افسوس ہو رہا تھا کہ وہ کیوں آیا ؟ سالا حاجی ان سے اُن کے اپنے آدمی کو مروا رہا ہے۔ سیگو کی آنکھیں چھلچھلا آئی تھیں۔ کاش ! وہ پہلے جانتا ہوتا۔ گنپت کو لگ رہا تھا ، اب کام نہیں ہوگا۔ حاجی کو روپے لوٹانے ہوں گے، اتنے سارے روپے ۔

وہ شخص پوچھتا ہے، 'آپ لوگ چپ کیوں ہیں؟ کچھ بولیے۔ جب تک آپ کچھ کہیں گے نہیں، میں کل سے اُس زمین پر نہیں جاؤں گا،'

تیگا سر اُٹھاتا ہے۔ زندگی میں پہلے کبھی اُس کی آنکھوں میں آنسو نہیں آئے تھے، لیکن آج یہ آنسو اچانک کہاں سے آ گئے ہیں؟ تیگا بھرّائی ہوئی آواز میں کہتا ہے، 'ہمیں معاف کر دیجیے۔ ہمیں کچھ معلوم نہیں تھا۔ لاعلمی کی وجہ سے ہم یہاں چلے آئے ہیں'۔

سیگو اب اپنے کو روک نہیں پاتا ہے۔ اپنی آنکھیں پونچھنے لگتا ہے۔ پہلی بار گنپت بھی رنجیدہ ہو اٹھتا ہے۔ وہ شخص باری باری سے اُن سب کو گلے سے لگاتا ہے۔

اب تک رات کے لگ بھگ تین بج چکے ہوتے ہیں۔ وہ شخص کہتا ہے، 'میں نے ابھی تک کچھ کھایا نہیں۔ آپ لوگوں نے بھی نہیں کھایا ہوگا۔ میرا کھانا رکھا ہے۔ بانٹ بانٹ کر ہم سبھی کھائیں گے'۔

اور تیگا و اُس کے ساتھیوں کے لاکھ منع کرنے کے باوجود وہ شخص کمرے کے ایک کونے میں ڈھکے اپنے کھانے کو سامنے لاتا ہے۔ دن کی بنائی ہوئی چھ روٹیاں، جو سوکھ گئی ہیں۔ کاغذ کی پوٹلی میں تھوڑا نمک، ایک ہری مرچ اور پیاز کا ایک ٹکڑا۔

وہ شخص کھانا بیچ میں رکھ دیتا ہے اور ان کے ہاتھ پکڑ کر کھانے کا اصرار کرتا ہے۔ وہ سب کھانے لگتے ہیں۔ کھاتے ہوئے سوچتے رہتے ہیں، حاجی کتنا جھوٹا ہے بول رہا تھا وہ شخص گندی بستیوں کے لوگوں کو پھسلا کر اپنا مقصد پورا کرتا ہے۔ مزے مار رہا ہے۔ سالا حاجی بے ایمان، دغاباز!!

کھانا کھا چکنے کے بعد وہ شخص سب سے اصرار کرتا ہے کہ وہ اس وقت اور کہیں نہ جائیں۔ چپ چاپ یہیں سو رہیں، صبح جائیں گے۔

وہ شخص اور وہ تینوں زمین پر بچھائی گئی چٹائی اور دری کو الگ الگ کر اُس پر سو رہتے ہیں۔ لالٹین بجھا دی جاتی ہے۔ کوئی کسی سے کچھ نہیں بولتا ہے لیکن ہر ایک کے اندر بات چیت ہوتی رہتی ہے۔ وہ آنکھیں موندیں اس نئی حقیقت سے ملاقات کرتے رہتے ہیں۔

صبح ایک دم تڑکے ہی وہ تینوں اس شخص کو سویا ہوا چھوڑ کر وہاں سے چل دیتے ہیں۔ اس محلے کو پار کر وہ سڑک پر آجاتے ہیں۔ اپنے مکان کی بالکنی میں ٹہلتا حاجی انھیں دور سے ہی دکھائی پڑنے لگتا ہے۔ نتیجہ جاننے کے لیے وہ انھیں کا راستہ دیکھ رہا ہے۔ وہ تینوں سیدھے حاجی سیٹھ کے پاس پہنچتے ہیں۔ اُن کے چہرے کو دیکھتے ہی حاجی سیٹھ کو لگتا ہے، آج پھر کام نہیں ہوا۔ اس سے پہلے کہ حاجی سیٹھ کچھ بولتے تیگا حاجی سیٹھ کے دیئے نوٹوں کو اس کے اوپر پھینکتے ہوئے کہتا ہے، 'حاجی سیٹھ، میں تم کو تنبیہ کرنے آیا ہوں۔ اگر اس آدمی کو کچھ ہوگیا تو میں تجھے زندہ نہیں چھوڑوں گا۔'

حاجی سیٹھ چونکتے ہوئے پوچھتے ہیں، 'کیا بات ہے؟ کیا ہوا؟'

لیکن وہ تینوں وہاں سے چل دیتے ہیں۔ کوئی جواب نہیں دیتا۔ حاجی سیٹھ پکارتے ہیں، 'ذرا رُکو تو، میرا سامان تو دے دو۔'

لیکن اُن میں سے کوئی نہیں رُکتا۔ گنیت بھی نہیں۔ حاجی سیٹھ کی چنتا اور پریشانی اچانک بڑھ جاتی ہے۔ انھوں نے اپنا غیر ملکی ریوالور کام کرنے کے لیے انھیں دیا تھا اِن کے دیسی ہتھیاروں پر انھیں یقین نہیں۔ لیکن یہ کیا؟ اُن کا ہتھیار لوٹائے بغیر سب چلے جا رہے ہیں۔

حاجی سیٹھ کی سمجھ میں نہیں آرہا ہے کہ یہ سب کیسے ہو رہا ہے؟ ان کا وار کبھی خالی نہیں جاتا تھا۔ اس کام کے لیے انھوں نے سب سے زیادہ روپے پھینکے تھے۔ وہ آدمی کیسا ہے؟ اس نے کون سا تیر چلا دیا ہے؟ آج اُن کا اپنا ایک ہتھیار بھی غائب ہوگیا۔ اچانک آج یہ سب کیا ہو رہا ہے؟

حاجی سیٹھ فکر اور پریشانی میں ڈوبتے اترتے اپنی بالکنی میں ٹہلتے رہتے ہیں۔ ٹھیک اسی وقت وہ شخص ان کی طرف آتا ہوا دکھائی پڑتا ہے۔ وہ غور سے اس شخص کو دیکھنے لگتے ہیں۔ وہ حاجی سیٹھ کی طرف ہی آرہا ہے۔ حاجی سیٹھ کے پاس آکر وہ اپنے جھولے سے حاجی سیٹھ کا ریوالور نکالتا ہے اور انھیں سونپتے ہوئے کہتا ہے، 'سیٹھ جی آپ کا ہتھیار آپ کے آدمی میرے یہاں چھوڑ آئے ہیں۔ سوچا، آپ کو واپس کر دوں۔'

سیٹھ اپنا ریوالور لے لیتا ہے۔ لیکن صبح کے سرد موسم میں بھی اس کے چہرے پر

پسینے کی بوندیں چمکنے لگتی ہیں۔ اس کے ہاتھ کانپنے سے لگتے ہیں۔ وہ ریوالور سنبھال نہیں پاتا ہے۔ پاس ہی رکھی کُرسی پر رکھ دیتا ہے۔

وہ شخص وہاں سے چلنے کو ہوتا ہے کہ سیٹھ کے منہ سے بول پھوٹ پڑتے ہیں، 'معاف کیجیے گا، میں شرمندہ ہوں۔ آیئے ذرا چائے پی لیجیے۔'

وہ شخص آگے بڑھتے ہوئے کہتا ہے، 'میرے پاس وقت نہیں ہے سیٹھ جی، اس زمین پر آج لوگوں کا عام جلسہ ہے۔ میں وہیں جارہا ہوں۔'

سیٹھ کہتا ہے، 'ذرا ایک منٹ سنیئے تو۔ اس زمین پر اب کوئی عام جلسہ مت کرایئے۔ میں نے فیصلہ کرلیا ہے کہ اب اس زمین پر میں نہیں جاؤں گا۔ اپنی غلطی کے لیے مجھے بہت افسوس ہے۔'

وہ شخص پلٹ کر سیٹھ کی طرف دیکھتا ہے۔ سیٹھ سر سے پاؤں تک پسینے سے بھیگ گیا ہے۔ وہ پھٹی پھٹی آنکھوں سے اس شخص کو دیکھ رہا ہے، جس شخص کو وہ ایک نہایت معمولی اور ہلکا آدمی سمجھتا تھا۔ اس شخص کو چٹکیوں میں مسل کر ختم کر دینے کی لیاقت سیٹھ اپنے اندر رکھتا تھا، لیکن آج اس آدمی کے سامنے سیٹھ کو اپنا چٹان اول اپنی شخصیت بہت ہی بونا معلوم پڑنے لگتی ہے۔ سیٹھ کسی انجانے خوف سے کانپنے سا لگتا ہے۔ سیٹھ کی حالت دیکھ اس شخص کے ہونٹوں پر مسکان کی ایک ہلکی لکیر ابھر آتی ہے۔

www.ingramcontent.com/pod-product-compliance
Lightning Source LLC
LaVergne TN
LVHW010813051026
849532LV00007B/2525